우진 현대 판타지 장편소설
WISHBOOKS MODERN FANTASY STORY

다시 태어난 베토벤

다시 태어난 베토벤 17

우진 현대 판타지 장편소설

초판 1쇄 찍은 날 | 2020년 9월 21일
초판 1쇄 펴낸 날 | 2020년 9월 28일

지은이 | 우진
펴낸이 | 예경원

기획 | 위시북스
편집책임 | 이은송
편집 | 위시북스

펴낸곳 | 예원북스
등록번호 | 제396-2012-000132호
등록일자 | 2012. 7. 25
KFN | 제1-559호

주소 | 경기도 고양시 일산동구 호수로 646-24 위너스21II빌딩 206A호 (우)10401
전화 | 031-819-9431 팩스 | 031-817-9432
E-mail | yewonbooks@naver.com

ISBN 979-11-365-4080-5 04810
      979-11-6424-234-4 (set)

우진 현대 판타지 장편소설

WISHBOOKS MODERN FANTASY STORY

다시 태어난 베토벤

17

Wish
Books

CONTENTS

· 98악장 ·
격정의 세대를 말하며

"한때는 잘 될까 싶기도 했지만 참가자들의 수준을 보니 괜한 걱정을 한 것 같습니다. 하하하!"

"하하. 저도 같은 생각입니다. 과연 이 많은 관심을 충족시킬 수 있을까 여간 걱정이 아니었죠. 첫 번째 과제를 통과한 이들 모두 높이 평가받을 만합니다."

"미스터 배가 왜 이런 콩쿠르를 만들었는지 알 것 같아요. 레이라와 프란츠 페터와 같은 이들이 여태 무명이었다니 말이죠."

"니아 발그레이와 파울 리히터까지 합류하면서 참가자들의 격도 높아졌고요."

"껄껄. 설마 설마 했는데 찰스 브라움이 오랜만에 작곡에 손을 댄 것도 놀라운 일이지 않습니까?"

"정말 응원할 수밖에 없습니다. 제각각의 사연이 있으니까요. 운영 위원으로서 이런 생각을 가지면 안 되겠지만 저는 미스터 배의 제자, 프란츠 군에게 마음이 가더군요."

"확실히 레이라와 함께 이 대회 최고의 다크호스지요."

1라운드 첫 번째 과제가 모두 종료된 뒤의 저녁 만찬회.

모두 프란츠에게 감격한 듯하다.

당연한 결과.

예상 밖의 인물들이 참가하긴 했지만 그렇다고 프란츠의 '마왕'이 제 평가를 받지 못할 리 없다.

탁월한 발상에 전개는 두말할 필요도 없이 훌륭하다.

단 하나의 우려도 크게 신경 쓸 필요 없을 듯하다.

'좋은 일이야.'

첫 번째 과제를 지켜보며 내심 고개를 끄덕였다.

내 걱정과 달리 이번 콩쿠르에는 재능 있는 음악가들이 정말 많이 함께하고 있었다.

앞서가면서 겪을 외롭고 괴로운 시기를 조금이나마 늦춰주고 싶었는데 참으로 잘 되었다.

고생깨나 할 테지만 이것으로 프란츠도 좀 더 분발할 수 있지 않을까 싶다.

경쟁과 목표.

경험하지 못한 사람은 이해하기 힘들 수도 있겠지만, 경쟁하는 사람이 있다는 것과 명확한 목표를 둔다는 것은 크나큰 행복이다.

그저 더 나은, 아름다운, 멋진 음악을 생각하면 될 뿐이니까.

그런 점에서 페터는 이 콩쿠르를 통해 내게서 벗어나 여러 음악을 접할 것이다.

콩쿠르 결과가 나올 즘에는 고유한 이야기를 본인만의 목소리로 전달하는 방법을 깨달았으면 한다.

그런 과정 없이 선두에 서게 되면 초조해지거나 안일해져서 음악가로서의 삶을 망치게 되니까.

선두.

남들보다 앞선다는 말은 곧 뒤따라오는 이들의 기준이 된다는 뜻이다.

다른 이들의 목표가 되어 분석당하고 비난받기도 하면서 끝내 추월당하기도 한다.

그 누구도 영원히 정상에 있을 순 없다.

그럴 때 자신을 지킬 수 있는 것이 정체성.

이번 대회를 통해 프란츠가 그것을 찾길 바란다.

지난바 탁월한 감각과 발상, 시간을 들여 노력하면 얼마든지 익힐 수 있는 기술적 능력보다 중요한 정체성을 말이다.

본인이 누구고 어떤 음악을 하고 싶은지, 다른 음악가와는 무엇이 다른지 자각하게 된다면 분명 어떤 상황에서도 흔들리지 않을 것이다.

그런 과정을 겪지 않은 사람은 자신보다 뛰어난 음악가를 시기하고 질투한다.

또 본인이 남보다 앞서 있어도 불안해한다.

자신이 없어서다.

'세 개의 손을 위한 소나타'를 만들고 누군가 물은 적 있었다.

피아니스트로서 가우왕에게 추월당한 것이 분하지 않냐고.

다시금 그와 경합을 벌일 생각은 없냐고.

경쟁에 초점을 맞춘 이들에게나 허용되는 질문이라 무시했지만, 그 무지한 말에도 한 가지 진실은 있다.

분명 지금의 나로서는 가우왕과 같은 연주가 불가능하다.

그러나 그것이 피아니스트로서의 그와 나의 우위를 가를 순 없는 일이다.

그는 대단하고, 나는 그와 같은 연주를 못 하며, 가우왕도 나와 같은 연주를 하지 못한다.

가우왕도 그것을 알기에 내게 재차 도전하지 않는 것이다.

정체성을 확립한 음악가들 사이의 경쟁은 무의미하다.

사카모토 료이치와 푸르트벵글러뿐만이 아니라 뛰어난 음악가들이 나를 시기하지 않는 이유도 그와 같은 이유다.

인격자라서가 아니라.

가슴속에 담고 있는 이야기가 다르기 때문에, 비교할 수 없다는 것을 알기 때문에 서로를 인정할 뿐이다.

그것이 '자신'을 가진다는 의미.

'여기에는.'

첫 번째 과제를 통과한 사람들을 둘러보았다.

이들 중 자신을 기준으로 가진 이는 몇이나 있을까.

어느새 음악은 또다시 하나의 풍조를 굳혀가기 시작했다.

나, 배도빈의 사상에 동조한 이들이 비슷한 음악을 만들어내고 대중도 그에 따르고 있다.

내 음악을 좋아해서든, 아니면 내게 따라오는 부를 탐내서든 좋지 못한 현상이다.

그런 이들은 결코 음악가로서 오래 활동할 수 없다.

파울 리히터, 니아 발그레이, 찰스 브라움과 같이 정체성이 확고한 이들만이, 자신만의 목소리를 훌륭히 내는 사람만이 결국 대중에게 오래 사랑받을 수 있다.

레이라라는 사람도 소리를 다루는 일에 집중하여, 본인만의 세계를 다루고 있다.

아마 이 대회에서 가장 크게 도약할 이는 아마 레이라일 것이다.

그러나 첫 번째 과제를 통해 프란츠를 포함한 참가자 대부분이 나를 좇고 있음이 드러났다.

화음 배치도 활용도 전개도 모두 어디선가 들어본 듯한 느낌을 주고 있다.

프란츠와 그들의 차이는 적용에 있다.

내 음악을 깊이 이해하지 못한 상태에서 겉만 따라 하려 했던 이들과 달리, 프란츠는 내 음악을 깊이 이해하고 있었다.

자신의 이야기를 내 방식대로 풀어낸 것이다.

반응은 좋았지만 '프란츠 페터'라는 사람의 음악이라고는 할 수 없다.

아무리 좋은 곡을 다루고 멋진 연주를 한다 해도 아이덴티티가 없이는, 자신의 이야기가 더해지지 않고서는 의미 없는 일이다.

음악은 대화니까.

가면을 쓰고 그럴듯한 이야기로 상대를 현혹할 수는 있어도 그 관계는 덧없을 뿐이다.

진실한 대화를 나눠야만 관객과 함께 소통할 수 있다.

그래서 일정 수준을 넘어선 뒤에는 '나다운 음악'을 하는 것이 그 무엇보다 중요해진다.

그것이 확고해졌을 때야.

대중성을 고려할 수 있다.

정말 다행스럽게도.

프란츠는 훌륭한 재능을 지니고 있음에도 뛰어난 경쟁자들을 만났다.

그들과 함께 어울리는 것을 보며, 녀석이 내 그늘에서 벗어나

온전히 자신의 이야기를 하게 될 수 있을까 하고 생각해 본다.

괜히 즐거워진다.

언젠가는 나와 다른 기준을 명확히 내세워, 동등한 자리에서 대화할 날이 오리라.

그런 미래를 그리다 보면 푸르트벵글러나 사카모토의 마음이 이러했을까 싶다.

이제 막 세 번 방영되었던 제3회 베토벤 기념 콩쿠르에 대한 관심은 더 이상 커질 수 없을 만큼 부풀어 있었다.

최고 수준 음악가들의 엄격한 심사와 더불어 그에 부응하는 참가자들의 기량과 열정.

그리하여 탄생할 또 다른 스타에 대한 기대감까지.

클래식 음악 팬들은 저마다의 의견을 나누기 바빴다.

ㄴ우승은 무조건 니아 발그레이지. 몸에 이상 와서 은퇴하기 전까지는 푸르트벵글러가 후계자로 키우고 있었잖아.

ㄴ그건 지휘자로서지. 작곡 능력만 보는데 무조건 그러리란 보장 없음.

ㄴ맞아. 게다가 이름값으로 따져도 밀리지 않는 사람 많음.

ㄴ파울 리히터의 '나의 왕이시여'랑 찰스 브라움의 '밤을 지새우며'

도 진짜 너무 좋았음.

   ㄴ그 두 사람도 우승 후보지.

   ㄴ난 레이라가 우승할 것 같음. 진짜 제일 듣기 편함.

   ㄴ2222 이 대회 최고 다크호스는 레이라랑 프란츠 페터지. 둘 다 어린데 너무 훌륭하잖아. 솔직히 심사 위원들 평도 니아, 파울, 찰스에 밀리지도 않고.

   ㄴ새삼 느끼지만 대회 수준 진짜 높다. 그 심사 위원에 그 참가자야.

   ㄴ2라운드도 아니고 1라운드 첫 번째 과제에서 40명 떨어짐ㅋㅋㅋ

   ㄴ남은 사람들은 그만큼 대단하단 거지. 이름도 대부분 들어본 사람들임.

대회 반응을 살피던 나카무라 료코는 한숨을 내쉬었다.

배도빈이 정체를 들키면서 모처럼 헌정 받은 곡이 더 이상 방송되지 못해 아쉬웠다.

"운도 없지."

언제까지 숨길 수 있을까 의문이기는 했어도 그렇게 단번에 들통날 줄은 몰랐던 료코는 침대에 얼굴을 파묻었다.

그러기를 얼마간.

노크 소리와 함께 배도빈이 그녀를 불렀다.

"왜."

잔뜩 풀 죽은 료코가 문을 열고 배도빈을 맞이했다.

배도빈은 시큰둥한 태도를 이상하게 여기며 노트를 건넸다.

"이게 뭐야?"

"스케줄이랑 녹음 때 참고해야 할 거 적어놨어. 2라운드부터 오프닝 곡으로 쓸 거니까 내일 녹음실로 가. 가이드 적어뒀으니까 이대로 작업하고."

"어?"

료코의 눈이 생기를 되찾았다.

"심사 때문에 신경 못 쓰니까 잘해. 문제 생기면 히무라한테 연락하고."

배도빈의 무덤덤한 말에 료코는 고개를 세차게 끄덕였다.

겨우 곡을 받았는데 다시금 묻히는가 싶어 우울했던 감정이 씻은 듯이 사라졌다.

'신경 써주고 있었구나.'

'거장의 선택'은 이미 폼이 완성되어 있어 굳이 오프닝 곡을 새로 작업할 이유가 없었다.

어떻게 말을 꺼낼지 알 수 없었던 료코는 번거로운 일까지 더하며 약속을 지켜준 배도빈에게 크게 감격했다.

"잘할게."

배도빈은 대수롭지 않다는 듯이 고개를 끄덕이고 돌아섰다. 그러고는 그간 차마 챙기지 못했던 일들을 정리했는데 생각나는 일이 너무도 많았다.

'찰스랑 니아도 곡 욕심을 내고 있는지 몰랐는데. 다음 공연

때 쓸 곡 만들어 보라 할까.'

A팀 단원 140명과 B팀 100명 그리고 210명의 사무직원까지.

빌헬름 푸르트벵글러는 거대 오케스트라를 운영하면 소속원 개개인에게 소홀해질 수 있다는 점을 항상 주의시켰고 배도빈도 경계하고 있었다.

단원 한 명 한 명이 의지를 가지고 정진해야만 베를린 필하모닉이 존재할 수 있기에.

그러나 홀로 그 많은 사람을 모두 신경 쓸 수는 없기에 배도빈은 악장단과 악기별 수석들에게 최대한 의지했다.

다만 이미 노령화가 오래 진행된 A팀 단원들이 조금씩 은퇴를 고려하고 있는 상황은 큰 걱정거리로 남아 있었다.

'키워야 해.'

악단이 정상적으로 운영되려면 세대교체를 무리 없이 해내야만 했다.

사안의 중요성을 아는 배도빈으로서는 현재 남은 단원들이 최대한 건강하고 오래 활동할 수 있게 배려하는 한편, 그들의 뒤를 이을 사람을 양성해야 했다.

비올라 중에서는 나카무라 료코.

배도빈은 그녀가 부디 훌륭한 비올리스트로서 성장하고 동시에 자신이 받았던 관심을 동료, 후배 연주자들에게 나눠주길 바랐다.

그것이 왕으로서의 사명.

악단주가 되고 2년째, 배도빈은 지금까지 귄터 전 악단주와 빌헬름 푸르트벵글러가 지고 있던 짐을 느끼고.

그 역할을 훌륭히 소화하고 있었다.

'뭔가 까먹은 거 같은데.'

뭔가 이상했지만 허기를 느낀 배도빈은 일단 배를 채울 생각으로 식당으로 향했다.

한편 그 시각.

"네, 어머니! 첫 번째 과제 통과했어요!"

베토벤 기념 콩쿠르 1라운드 첫 번째 과제를 통과한 타마키 히로시는 기쁜 마음에 어머니께 전화를 걸었다.

-어머. 그러니? 방송에는 나오지 않아서 떨어졌나 했지. 축하한다.

"……네?"

-어쨌든 열심히 하고 있구나. 우리 아들 파이팅!

-타마키, 얼른 와. 영화 시작하겠어.

-아, 그래. 히로시, 엄마 영화 시간 되어서 전화 끊을게. 사랑해~

어머니와의 통화를 마친 타마키 히로시는 당황하여 베토벤 기념 콩쿠르에 관련한 기사를 검색했다.

그에 대한 언급은 통과자 명단뿐이었다.

더군다나 다시보기를 통해 확인한 방송에서도 타마키 히로시의 차례였던 마지막 순서는 포함되지 않았다.

방송 편성에 따라 잘린 듯했다.

"아하하. 그래. 쉬울 리 없지. 그래도 통과한 건 통과한 거니까."

과거, 멍청했던 자신을 반성하고 바닥부터 다시금 오르기 시작했으니 급할 필요 없다고 여겼다.

결국에는 배도빈을 좇아 베를린 필하모닉에서 일하게 되었고 꾸준히 공부했던 것을 인정받아 첫 번째 과제도 통과했으니 도리어 고무적인 일이었다.

그렇게 마음을 굳게 먹은 타마키 히로시는 저녁을 먹고자 방을 나섰다.

저 멀리 배도빈의 뒷모습이 보여 타마키 히로시가 반갑게 달려갔다.

"여! 밥 먹으러 가?"

배도빈이 고개를 돌려 타마키 히로시의 얼굴을 확인하곤 깜짝 놀랐다.

"여긴 무슨 일이야?"

"무슨 일이라니. 밥 먹으러 가는 길이지. 같이 가자."

"그게 아니라. 휴가 왔어?"

"응. 썼지. 그간 안 쓰고 모아둬서 다행이야. 한 달이나 있어야 하니까."

"별일이네. 휴가까지 써서 굳이 이런 데를 오고."

"그럴 만한 가치가 있잖아. 열심히 노력했다고."

"그래. 열심히 일했으면 휴가도 즐겨야지."

타카미 히로시는 배도빈과의 대화가 자꾸만 엇나간다는 느낌을 받았다.

그러나 애써 그 불길한 마음을 무시하며 말을 이어나갔다.

"정말 노력했다고. 페터도 대단하지만 나도 언젠가는 네게 인정받아 작곡가로 일할 거야. 산타 가르치는 것도 재밌지만."

성큼성큼 걸어가던 배도빈이 고개를 돌렸다.

그제야 타마키가 목에 걸고 있는 베토벤 기념 콩쿠르 참가자 명찰을 보았고 무엇을 잊고 있었는지 알 수 있었다.

"아, 그, 그래. 잘해봐."

결코 말을 더듬지 않는 배도빈이 당황한 기색을 보이자 타마키의 불안이 확신이 되었다.

"나 참가한 거 몰랐어? 줄곧 심사 위원석에 있었잖아! 첫 번째 날에도 봤잖아!"

"그게……."

배도빈은 생각을 정리하다 이내 타마키 히로시의 등을 툭툭 쳐주었다.

"그래. 잘했어."

· 99악장 ·

아무도 당신을 알아주지 못한다고
생각할 때

베토벤 기념 콩쿠르 4일 차.

첫 번째 과제를 훌륭히 통과했지만 참가자들의 표정이 밝지
만은 않았다.

두 번째 과제가 무엇인지조차 모르는 상황에서 배도빈까지
심사 위원석에 합류한 탓이었는데.

그중에서도 특히나 안절부절못하는 사람이 있었다.

진행자 우진이 그에게 다가갔다.

"프란츠 군, 오늘 컨디션이 좋지 않나 보네요."

"아, 아, 그, 네."

프란츠 페터는 자리에 앉은 채 오들오들 떨며 이를 부딪칠
뿐 제대로 대답하지 못했다.

"많이 긴장한 것 같은데 숨을 크게 마셨다가 내쉬어 봐요. 그렇죠."

우진이 그를 다독이며 인터뷰를 이어나갔다.

프란츠도 숨을 고르니 다소 진정되어 인터뷰에 응했다.

"역시 긴장할 수밖에 없을 것 같습니다. 첫 번째 과제를 통과한 분들을 상대하기 부담스럽기도 하죠?"

"네. 니아 고문님도 파울 악장님, 아니, 파울 님도. 찰스 악장님도 레이라 씨도 정말 대단해요."

"하지만 프란츠 군도 강력한 우승 후보로 꼽히고 있습니다. 마에스트로 배도빈의 제자라는 점 때문에 화제가 되고 있잖아요?"

"형에게 배우고 있다는 걸 많은 분이 부러워하시기도 하고 저도 과분한 일이라 생각해서……."

"아. 그래서 더 부담일 수도 있겠네요."

프란츠가 고개를 끄덕였다.

우진은 이 어리고 재능 있는 참가자가 힘을 내기 바라며 물었다.

"오늘부터는 스승 배도빈 씨도 심사 위원으로 참가하니 그런 부담을 좀 덜 수 있지 않을까요?"

우진이 질문을 끝마치기도 전에 프란츠가 몸을 격렬히 떨기 시작했다.

어찌나 무서워하는지 인터뷰를 하기 전보다 상태가 더욱 심각해 보였다.

우진과 시청자들이 보는 그대로 프란츠는 두려워하고 있었다.

'대체 무슨 고집이야? 이렇게 해선 주 멜로디가 죽는다고 했잖아.'

'프란츠, 코드로만 진행하지 말라고 했지. 감각에만 의지하면 균형이 무너진다고 했잖아. 책 펴.'

'멋진 음악을 만들려면 여러 소리를 알고 있어야 해. 저기서 적당한 거 가져와 봐.'

'작곡할 때 악기에 의지하지 마. 피아노가 없어도 네 머릿속에서 선율이 들려야 해.'

"아다다다다다."

프란츠가 다시 오돌오돌 떨었다.

배도빈의 혹독한 과외를 떠올리면 저도 모르게 나오는 반응이었다.

선생으로서의 배도빈은 무척 엄했다.

천재 프란츠 페터조차도 그가 바라는 수준에 이르기 위해서는 죽을힘을 다해야만 했다.

그러지 않으면 몇 시간이고 조목조목 잘못된 곳을 완벽히 이해할 때까지 설명을 들어야 했다.

차라리 두들겨 맞고 욕을 먹고 싶었다.

'때리고 혼내면 네가 이걸 이해해? 쓸데없는 말 꺼내서 시간

낭비하지 마. 다시 봐.'

그럴 때마다 프란츠는 배도빈의 설명을 이해하지 못하는 자신의 멍청함을 저주하며 싹싹 빌기까지 했다.

'죄송해요. 형. 꼭 공부할 테니까 이제 제발 주무세요. 피곤하시잖아요.'

'네가 이걸 못 이해했는데 잠이 올 것 같아? 이럴 시간 없어. 자, 3도 화음이 이렇게 배치되면 소리가 좀 더 안정적이지?'

살인적인 스케줄을 감당하는 배도빈이 자신 때문에 잠도 이루지 못하는 상황.

어린 프란츠는 그것이 가장 두려워, 빠르게 성장할 수 있었다.

동시에 배도빈에게 강습, 평가 받을 때마다 트라우마를 겪고 있었다.

프란츠가 두려움에 떨고 있을 때 우진은 계속해서 다른 참가자들과 인터뷰를 나누었고 마침내 심사 위원들도 세트장에 모습을 드러냈다.

살아 있는 전설들을 차례로 비추던 카메라는 바흐, 모차르트, 베토벤과 비견되는 최고의 음악가를 마지막으로 화면에 담았다.

ㄴ그냥 지구방위대 수준이네.

ㄴ웃긴 게 역사고 나발이고 이제 겨우 세 번째 개최된 콩쿠르가 제

일 권위 있어 보임ㅋㅋㅋ

 ㄴ심사 위원 하드캐리ㅋㅋㅋ

 ㄴ배도빈, 빌헬름 푸르트벵글러, 마리 얀스, 아르투로 토스카니니, 브루노 발터, 사카모토 료이치. 저기에 누가 더 들어가도 욕먹을 듯.

 ㄴ제르바 루빈스타인이나 엘가르 데를도 들어갈 만하지 않나?

 ㄴ둘 다 대단하지만 솔직히 저 여섯 명은 작곡, 지휘, 연주 분야에 모두 정통하잖아. 애초에 네임밸류도 차이가 좀 크고.

 ㄴ르블랑지에서 조사한 건데 각 연도별 가장 인기 있었던 악단이랑 지휘자에 대한 자료임.

 ㄴ1980년대는 토스카니니(31.8%), 1990년대는 푸르트벵글러(37.0%), 2000년대는 마리 얀스(30.4%), 2010년은 브루노 발터(45.8%), 2020년대는 배도빈(66.6%)이 집권했네.

 ㄴ그냥 인기투표잖아. 누가 1등이냐는 질문에 꼽힌 사람 정리해 둔 표인 듯.

 ㄴㅇㅇ. 아무튼 저 여섯 명이 50년 가까이 해 먹고 있는 건 맞음.

 ㄴ배도빈이랑 브루노 발터 수치 뭔델ㅋㅋㅋㅋ

 ㄴ브루노 발터는 인터플레이뽕을 좀 많이 받았었지. 결국엔 손절했지만.

 ㄴ원래부터 안 친했음. 그때 제임스 버만이 내정 간섭 심하게 해서 발터랑 토스카니니 두 사람 모두 결국 재정 독립했음.

 ㄴ근데 진짜 배도빈이 대단하긴 대단하다. 그 많은 지휘자 중에서 3할 이상 득표한 다른 사람도 대단하지만 배도빈은 2/3가 인정하네.

┗오케스트라 대전 우승 때문에 더 그럴걸?

┗저 수치를 그대로 믿어선 안 되는 게, 토스카니니가 31.8퍼센트 득표했을 때 2등이 푸르트벵글러였고 29퍼센트였음. 사카모토 료이치랑 배도빈 제외하고 네 사람은 항상 1~4등 차지하고 있었으니까 지금 배도빈이 66퍼센트 이상 차지하고 있는 상황이랑은 좀 다름.

┗사카모토 료이치는?

┗저거 기준이 오케스트라랑 지휘잖아. 사카모토 료이치는 최근에야 빈 필하모닉으로 복귀했고. 원래 작곡가로 활동하는 사람이라서 저런 조사에는 불리함.

시청자들이 저마다의 의견을 공유하고 있는 사이, 진행자 우진은 오늘의 과제를 소개하고 있었다.

"엄격하고 공정한 과정을 통과하신 참가자 여러분, 진심으로 축하드립니다. 그러나 2라운드에 진출할 사람은 단 여덟 명뿐. 오늘은 과연 어떤 과제가 여러분을 기다리고 있을지, 오늘부터 심사 위원단에 합류해 주신 마에스트로 배도빈께서 소개해 주시겠습니다."

우진이 배도빈을 소개하자 참가자들이 박수로 그를 맞이했다.

과연 그가 어떤 과제를 낼지.

어떻게 하면 이 혹독한 심사 위원단의 마음에 들지 머리가 복잡했다.

무대로 나선 배도빈은 참가자들을 둘러보곤 피아노 앞에 앉았다.

'뭐지?'

'뭘 하려는 거야?'

참가자들 모두가 잔뜩 긴장하여 마른침을 삼킬 무렵.

배도빈이 건반을 눌렀다.

솔시레, 라도#미.

G코드와 A코드.

배도빈이 의자에서 일어났기에 참가자들의 머릿속은 더욱 복잡해졌다.

배도빈이 입을 뗐다.

"지금부터 여러분은 이 주제를 가지고 3분 이상의 완성된 곡을 만드셔야 합니다."

참가자들의 눈이 화등잔만 하게 커졌다. 너무나 단순한 주제를 던져주고 곡을 만들라는 것은 악상 전개력을 시험하겠다는 뜻.

주제가 같기에 비슷하게 들릴 테니, 어떻게 차이점을 둬야 할지 알 수 없었다.

'미치겠네.'

'이런 심사방식은 들어본 적도 없다고.'

'메이저 코드가 얼마나 많이 활용되었는데 지금에 와서 새

곡을 만들라는 심보는 대체 뭐야.'

'이렇게? 아냐. 다들 똑같이 생각할 거야. 어떻게 풀지? 아, 돌겠다.'

참가자들이 혼란스러워할 때.

배도빈이 한 마디를 덧붙였다.

"기한은 내일 이 시간까지. 완성한 사람은 언제든지 그 즉시 심사를 받을 수 있습니다. 지금부터 참가자들은 각기 따로 배정된 방에서 나올 수 없습니다."

"네?"

참가자들 일부가 놀라 자리에서 일어나기까지 했다.

"이런 방식은 들어보지 못했어요!"

"터무니없이 부족합니다. 하루 만에 곡을 만들라니."

시청자들도 참가자들의 심정을 충분히 이해할 수 있는 문제였다.

채팅창이 2차전 과제가 가능하냐는 의문으로 가득 차 있는 상태에서 배도빈은 대수롭지 않다는 듯 말했다.

"이 과제가 무엇을 평가하기 위한 일인지 납득할 수 없다면 돌아가도 좋습니다."

단호했다.

과제의 의도조차 파악하지 못한다면 베토벤 기념 콩쿠르에 남아 있을 자격이 없다는 뜻.

레이라라는 가면을 쓴 아리엘 얀스는 흥미롭게 상황을 지켜보았다.

'특색 없는 주제로 곡을 만들라는 말은 발상력을 보겠다는 뜻이고. 이 많은 사람 중에서 자신만의 음악을 만들라는 뜻은 정체성을 보겠단 말이지. 쉬운 일이지만 문제는 시간제한. ……먼저 완성해서 제출하느냐, 아니면 정해진 시간을 최대한 활용하느냐의 싸움이겠어.'

아리엘은 가면 뒤에서 웃었다.

'재밌는 생각을 했군. 마왕이여.'

너무나도 많은 작곡가가 활동하는 현재.

범람하다시피 쏟아지는 신곡들에 그야말로 클래식 음악의 전성기가 도래한 듯싶지만 빛이 밝은 만큼 그림자도 짙었다.

수많은 문제 중에서 작곡가로서의 삶에 치명상을 입힐 수 있는 표절 시비 문제.

양심 없는 이들이 훌륭한 곡을 멋대로 가져다 쓰기도 하지만 개중에는 우연한 결과도 있었다.

발표가 늦어서 생기는 일.

지금과 같이 너무나 많은 곡이 발표되는 시장에서는 '먼저 발표'하는 것조차 능력일 수 있었다.

'시간 따위 신경 쓰지 않는다. 나만의 곡, 그 누구도 만들지 못하는 곡을 만들면 아무 문제 없다.'

아리엘이 자리에서 일어나 운영 위원으로부터 안내받아 작업실로 향했다.

조금의 망설임도 없이 작업실로 향하는 레이라를 보고 몇몇 참가자가 따라가듯이 작업실로 향했다.

항의하던 참가자 일부도 어쩔 수 없이 작업실로 향했다.

의문을 제기하던 사람들이 그렇게 행동하니, 참가자들은 조금이라도 서두르기 위해 분주히 움직였다.

우진이 나섰다.

"곡을 완성하신 분은 언제든지 이곳 세트장으로 돌아오시면 됩니다. 최종 기한은 내일 오전 10시! 단 1초라도 늦으면 그 즉시 실격처리 됩니다."

"으아아아."

프란츠 페터가 허둥지둥 작업실로 향했고 타마키 히로시는 이미 발 빠르게 개인 작업실에 들어서 준비된 피아노와 바이올린, 신시사이저를 확인했다.

니아 발그레이, 찰스 브라운, 파울 리히터의 얼굴에서도 여유를 찾아볼 수 없었다.

└와, 뭐지? 정말 저게 가능해?

└그러게. 진짜 하려는 건가?

└안 하면 탈락인데 당연히 해야지ㅋㅋㅋㅋ

ㄴ엄청 당황스럽겠다. 갑자기 곡을 만들라니. 나 같으면 진짜 멘붕 올 듯.

ㄴ뭐야. 그럼 오늘 방송 이대로 끝이야? 아직 방송 시간 한참 남았는데?

ㄴ아, 심사 위원들이 작업실 돌아다니면서 어떤 식으로 진행할지 물어보네.

ㄴ내가 보기엔 저거 만드는 것도 중요한데 누가 더 빨리 만드냐도 일일 듯.

ㄴ왜?

ㄴ다른 참가자랑 비슷하면 망하니까. 애초에 저런 대회에서 특색 없다는 건 경쟁력이 없다는 말이랑 같잖아.

ㄴ최소 반년 이상 준비한 곡으로도 수십 명이 탈락했는데, 하루 만에 저 심사 위원단 맘에 드는 곡을 만들어야 한다니.

ㄴ장난 없다. 진짜.

ㄴ아, 시간도 없는데 왜 저래 ㅠ

개인 작업실을 방문한 토스카니니는 계획이 없다는 참가자의 말에 노성을 터뜨렸다.

"계획이 없다고! 약속된 날짜에 앨범을 내야 할 때도 그런 말을 할 셈이냐!"

토스카니니뿐만 아니었다.

푸르트벵글러와 마리 얀스, 사카모토 료이치, 브루노 발터, 배도빈 역시 허둥지둥하는 참가자들에게는 호통을.

계획을 설명하는 사람들에게는 방향성을 더욱 잡아주기도

하며 독려했다.

그렇게 1시간이 흐르고.

우진은 세트장으로 돌아온 심사 위원들을 대상으로 인터뷰를 진행했다.

"어느 참가자가 통과할 수 있을까요?"

"니아 발그레이가 인상적이더군."

"그랬죠. 서두르지 않고 차분히 준비했으니까요. 비슷한 곡이 나올 거란 생각은 조금도 하지 않는 듯합니다."

"그 점에서는 파울과 레이라도 마찬가지였죠."

심사 위원들이 저마다의 의견을 나눌 때, 배도빈도 나름대로 생각을 정리하고 있었다.

'니아와 파울은 신중해. 최대한 시간을 활용해 멋진 곡을 만들 테고. 문제는 프란츠겠지.'

배도빈은 프란츠 페터의 재기발랄함을 도리어 걱정했다.

'감각에 의지하는 덕에 곡은 금방 만들 수 있지만 수정에만 반년이 걸렸어. 충분히 생각하면 좋으련만.'

그러나 잔뜩 긴장한 프란츠 페터가 실수할 가능성이 크다고 생각했다.

'잔뜩 떨던데. 이제 와서 대체 뭐 때문에 긴장하는 거야?'

배도빈이 걱정하고 있는 사이, 우진이 그에게도 질문했다.

"마에스트로 배, 어느 참가자가 먼저 제출하시리라 보십니까?"

"……프란츠 페터요."

"하하하. 제자 사랑이 각별하시네요. 프란츠 군은 평소에도 곡을 빨리 만드는 편인가요?"

"아뇨. 이번 참가곡 수정에만 반년이 걸렸죠."

"수정만 반년이라. 그럼에도 가장 먼저 제출할 것으로 생각하시는 이유라도 있나요?"

"발상이 뛰어나요. 그럴듯한 음을 서랍에서 꺼내듯 만들어내죠. 아마 이 대회 안에서도 그것만큼은 가장 뛰어날 거예요."

"좋은 멜로디를 금방 만든다니 정말 대단한데요?"

"네. 신중하라고 가르쳤지만, 상당히 긴장한 것 같아 자기버릇대로 할 것 같아 걱정입니다."

"역시 스승이라 그러신지 프란츠 군을 잘 파악하고 계시네요."

"누구보다도 잘 알고 있죠. 이번 과제의 뜻을 잘 이해했다면 충분한 시간을 들일 겁니다. 니아나 리히터처럼."

"그에 반면 프란츠 군은 다급한 나머지 과제의 의미를 생각지 못할 테고 곡을 빨리 만드니 첫 번째로 나올 거라 예상하셨고요."

"그렇습니다."

"상당히 엄격한 평을 해주셨습니다. 좋은 말씀 감사합니다. 마에스트로 배도빈은 프란츠 페터 군이 가장 먼저 나올 거라 예측하였습니다. 과연."

우진이 말을 끝내기도 전에.

'거장의 선택'의 촬영 스태프 중 한 명이 큰 목소리로 외쳤다.

"첫 발표자가 나왔습니다!"

순식간에 따라붙은 카메라에 타마키 히로시의 모습이 담겼다.

우진이 그 모습을 보다가 고개를 돌려 배도빈을 보았다.

그가 눈을 깜빡이며 읊조렸다.

"아니네."

시청자들은 배도빈의 예상이 빗나가자 그도 틀릴 때가 있다며 즐거워했다. 촬영진과 심사 위원들도 마찬가지였다.

영문을 모르는 타마키 히로시는 그저 긴장한 채 서 있을 뿐이었다.

'뭔지는 몰라도 최선을 다했어.'

심사에 앞서 우진이 두 번째 과제의 심사 방식을 설명했다.

"베토벤 기념 콩쿠르, 1라운드 두 번째 과제의 첫 제출자가 나왔습니다. 심사는 지금까지와 같이 실시간으로 진행됩니다. 위원마다 최소 1점에서 최대 10점까지, 60점 만점을 기준으로 높은 점수를 받은 상위 여덟 명만이 2라운드에 진출하게 됩니다."

카메라가 심사 위원들을 비추었다.

"살아 있는 전설로 불리는 이들의 엄격한 심사를 통과해, 영광의 우승으로 향할 수 있을지! 타마키 히로시 씨, 악보를 제출해 주시기 바랍니다."

타마키는 우진의 안내에 따라 보조요원에게 악보를 전달하였다.

곧 심사 위원들에게 타마키의 악보가 전달되었고 함께한 피아니스트도 세트장에 마련된 피아노 앞에 자리했다.

"첫 번째로 제출하셨죠. 베를린 필하모닉 어린이 타악 교실 강사, 타마키 히로시 씨의 곡을 들어보도록 하겠습니다."

타마키 히로시는 함께한 피아니스트가 부디 실수 없이 연주해 주길 바랐다.

그것은 그가 미처 생각지 못한 일이었는데, 곡을 빨리 완성하는 것도 중요했지만 그것을 연주하는 일도 문제였다.

'할 수 있는 일은 다 했어.'

다급한 나머지 파트너에게 연습할 시간을 충분히 주지 못한 그는 차라리 조금 늦어지더라도 연습 시간을 주는 편이 낫지 않았을까 싶었다.

또는 직접 연주할 수 있었으면 어땠을까 싶었다.

'손만 괜찮았다면.'

한때 그 무엇보다도 자랑스러웠던 자신의 손을 내려다보며, 그때의 사고만 아니었다면 지금 이 순간 가장 만족스러운 연주를 할 수 있었을 거라 생각했다.

'아니야.'

타마키는 고개를 저었다.

손을 다치지 않았다면 지금까지도 도요토미와 일본 협회가 준 명성과 인기를 자신의 실력으로 얻었다고 착각했을 터.

지금 생각하면 한심하기 짝이 없던 시절이었다.

타마키는 차라리 지금이 낫다고 판단했다.

비록 무명이나 다름없어졌으나 그 사고를 당했던 덕에 지난 몇 년간 충실할 수 있었다고 생각했다.

'후회는 충분히 했어. 지금은, 시간이 너무 아까우니까.'

부족하면 부족한 대로.

지금 주어진 조건에서 최선을 다할 뿐이었다.

타마키 히로시는 천천히 연주되기 시작한 자신의 곡을 들으며 배도빈을 바라보았다.

이 시대 모든 음악인의 목표이자 기준.

'배도빈.'

타마키는 그와 같이 되고 싶었다.

그에게는 있고 자신에겐 없는 것이 무엇일까 매일, 매시간 고민했다.

처음에는 그저 재능에 차이가 있다고 여겼다.

그러나 베를린 필하모닉에서 계약직으로 일하며 지켜본 그는 단순히 재능 있는 음악가란 말로 표현할 수 없었다.

매일 해가 뜨기 전에 출근하여 깊은 밤이 되어서야 깃펜을 놓는 그에게 재능이란 말은 어울리지 않았다.

현존하는 그 어떤 음악가보다도 배도빈 앞에서 천부적이란 수식어를 붙일 수 없음에도.

타마키의 눈에 배도빈의 힘은 하늘이 내려준 무엇으로 비치지 않았다.

집착. 혹은 열애.

이미 수많은 곡을 성공시켰음에도 배도빈은 만족하지 않았다.

호사가들에게 신 또는 마왕으로 불리고 새 시대의 선지자로 추앙받으면서도 만족할 줄 몰랐다.

완벽한 음악을 갈구하여 대중을 놀라게 했으나 매번 전과 다른 모습으로 또 다른 아름다움을 들려주었다.

아름다운 음악을 향한, 완벽한 음악을 향한 집착이 그를 움직이게 하는 원동력 같았다.

타마키는 그런 배도빈이 부러웠다.

그의 재능보다 끝을 모르고 나아가는 열정을 닮고 싶었다.

그러면서도 흔들리지 않는 자아.

얼굴과 이름을 가려도 단번에 누구의 음악인지 알아볼 수 있을 만큼 확고한 정체성을 지닌 그를 닮고 싶었다.

그 어떤 일을 겪어도 용기와 자신을 잃지 않는 강인함을 얻고 싶었다.

타마키의 상념이 끝나갈 즈음, 그의 파트너가 연주를 마쳤다.

"흐음."

아르투로 토스카니니가 뜸을 들이고는 입을 열었다.

"조급하군."

타마키의 가슴이 철렁 내려앉았다.

"멜로디도 반주도 쉽게 생각할 수 있는 전개다. 다른 참가자들과 차이를 두기 힘들 거라 판단했나?"

"그렇습니다."

타마키 히로시가 무겁게 입을 열었고 아르투로 토스카니니는 눈썹을 꿈틀거렸다.

"솔직하군."

"감사합니다."

"약점을 드러내는 것보다 멍청한 일도 없지."

"주제를 잘 알고 있죠."

이번에는 살짝 웃으며 답했다.

토스카니니는 고개를 살짝 틀며 그런 타마키를 노려보았다.

어디 한번 계속 떠들어보라는 행동에 타마키는 의지를 다지며 침을 삼켰다.

"기발한 아이디어를 단시간에 꺼낼 재주는 없습니다. 그것에 매달리기엔 시간이 아까워, 강점을 살리고자 했습니다."

"강점?"

"네. 짧은 시간 안에 제 파트너가 온전히 연주할 수 있게 신경 썼습니다. 멜로디와 반주는 단순하지만 박자와 강세에 힘을 주었죠."

아르투로 토스카니니는 타마키를 꿰뚫기라도 하려는 듯 노려보다가 이내 입을 열었다.

"자네 말대로 주제를 잘 알고 있군. 7점."

토스카니니가 시큰둥하게 고개를 돌렸다.

틀림없이 적은 점수를 받을 것 같던 분위기가 반전되었다.

시청자들이 여러 반응을 내었고 그사이, 토스카니니의 왼편에 자리한 마리 얀스가 입을 열었다.

"확실히 본인이 인정한 대로 특출한 부분은 없었습니다만 기본에 매우 충실한 악보로군요. 단순하긴 해도 이 짧은 시간에 훌륭한 연주가 가능할 만큼 말이죠."

마리 얀스가 타마키의 파트너에게 눈길을 주었다.

피아니스트는 살짝 웃으며 고개를 숙여 긍정했다.

"연주하는 사람이 작곡가의 의도를 쉽게 이해할 수 있는, 좋은 악보입니다. 멜로디에 집중하기보단 단순한 것을 어떻게 효과적으로 연주할 수 있을지를 고민했군요. 그것도 짧은 시간에."

마리 얀스가 빙그레 웃었다.

"8점 드리겠습니다."

고득점이었다.

타마키 히로시는 침과 함께 들뜬 마음을 애써 삼켰다.

배도빈이 막 입을 열기 시작한 탓이었다.

"작년이었던가요? 무작정 악보를 가지고 찾아왔던 게."

"그렇습니다."

배도빈은 악보를 살피다가 이내 그것을 정리해 내려놓았다. 그리고 그때 보았던 타마키 히로시의 절박함을 떠올렸다.

복도에 흩어진 악보를 허겁지겁 추스르는 그가 왜 그렇게까지 했는지, 배도빈으로서는 이해할 수 없었다.

지금도 마찬가지였다.

토스카니니와 마리 얀스가 평했던 대로 멜로디는 단순하나 기본에 충실하며 연주자에 대한 배려도 엿볼 수 있지만.

그것만으로는 설명할 수 없는 절박함이 느껴졌다.

"전과 달리 핵심을 짚을 줄 알게 되었네요. 강세 사용에 능숙해 연주에 리듬감이 더해지고요. ……아직 젊은 타마키 씨가 왜 이런 선택을 했는지에 대해 궁금해집니다."

배도빈이 테이블을 두드렸다.

"자신의 단점과 장점을 명확히 파악하는 건 중요한 일입니다. 다만 단점을 포기하라는 뜻은 아니죠. 장점을 살리되 부족한 점을 채우려 해보세요. 당신과 같은 열정이 있다면 언젠가는 극복할 수 있습니다. 지금 타마키 씨는 너무 조급해 보여요."

"감사합니다."

"5점 드리겠습니다."

배도빈에 이어 푸르트벵글러가 6점, 사카모토 료이치가 7점, 브루노 발터가 5점을 부여했다.

총점 38점.

시청자들의 반응이 엇갈렸다.

　ㄴ점수 너무 짜다;;

　ㄴ그러게. 첫 번째 과제 통과자면 그래도 어느 정도 수준 이상이라는 건데 60점 만점에 38점밖에 안 됨.

　ㄴ심사평하고 비교하면 적당히 나온 거 같은데?

　ㄴ첫 번째라서 점수 기준이 될 수도 있음. 심사 위원들도 신중하게 줘서 낮게 보일 수도 있지.

　ㄴ도빈이랑 브루노 발터 5점이 크다 ㅠ

대부분 점수가 너무 낮다는 의견이었지만 첫 평가였기에 앞으로 어떻게 진행될지를 두고 봐야 한다는 의견도 있었다.

타마키 히로시 역시 나쁘지 않은 점수로 생각하며 식은땀을 훔쳤다.

'됐어. 지금 내가 할 수 있는 최선을 다한 거야.'

일반적인 콩쿠르라고는 생각할 수 없는 수준의 참가자와 심사 위원.

타마키는 살아남을 수 있는 가장 큰 가능성을 첫 번째 평가를 받는 것으로 판단했다.

상위권을 상대로는 자신이 없었기에 차라리 평가 기준이 되는 편이 나으리라 생각했고 그것을 위해 단순하지만 완성도 있는 악보를 만드는 데 전력을 다했다.

'어떻게든 살아남고 싶어. 그래서 조금이라도 기억에 남을 수 있게. 꼭.'

타마키는 간신히 참았던 구토감을 이기지 못하고 화장실로 뛰었다.

최지훈은 연주회를 마치자마자 대기실로 향해 '거장의 선택'을 틀었다.

그러나 이미 거의 끝나가는 것을 확인하곤 아쉬워했는데, 조금 남은 분량이라도 보며 넥타이를 풀었다.

모든 참가자의 곡 발표가 끝난 상황에서 토스카니니가 마지막 참가자를 평하고 있었다.

-조급하군. 멜로디도 반주도 쉽게 생각할 수 있는 전개다.

그때 공연 기획을 맡았던 남자가 대기실로 들어왔다.

"미스터 최! 오늘도 최고였어요."

"아, 감사합니다."

"당신과 함께 일할 수 있어서 영광입니다. 최의 쇼팽을 듣고 싶은 이들이 줄지어 있으니 내일도 잘 부탁드릴게요."

"그럼요."

최지훈과 공연 기획자가 악수를 나누었다.

-약점을 드러내는 것보다 멍청한 일도 없지.

토스카니니의 목소리를 들은 기획자가 테이블 위에 놓인 최지훈의 핸드폰을 확인하곤 웃었다.

"거장의 선택이군요. 저도 재밌게 보는데 저분과 푸르트벵글러는 정말 대단하더라고요."

"도빈이도 합류했으니 더 대단해질 거예요."

"하하! 그 맛에 보는 거죠. 오늘 분량 VOD가 올라오면 맥주 한잔하면서 봐야겠습니다."

최지훈이 싱긋 웃으며 거장의 선택이 나오고 있는 핸드폰으로 시선을 옮겼다.

그리고는 무심코 중얼거렸다.

"저런 말 들어본 적이 언제였더라."

"쇼팽과 차이코프스키에서 우승하신 최에게 어느 누가 저렇게 말할 수 있겠어요."

기획자의 반응에 최지훈이 씁쓸히 웃었다.

"가끔은 다른 사람이 어떻게 생각하는지 듣고 싶어요. 지금 저를 판단하는 건 저뿐이니까요."

"전 유럽이 비르투오소 최에게 열광하고 있는데요? 평단에 서도 칭찬하기 바쁘고."

"그러게요."

적당히 대답했지만 최지훈은 진실로 저들이 부러웠다.

부상 끝에 바라던 연주를 할 수 있게 되었음에도 더욱 멋진 연주를 하고 싶었다.

그러나 무엇이 부족한지 알 수 없었다.

어느 순간부터 배도빈은 그에게 조언하지 않았고 스승 크리스틴 지메르만도 손이 나은 뒤로는 묵묵히 응원할 뿐이었다.

이미 그의 연주가 완성된 탓에 어쩔 수 없는 일이었고 동시에 지금 최지훈의 가장 큰 불만이기도 했다.

'여기까지일 리 없어.'

최지훈은 분명 더 높은 곳이 있을 거라 믿었다.

지금에 만족할 수 없었다.

나비와 함께 더욱 아름다운 연주를 하고 싶었다.

그러나 무엇을 해야 하는지 알 수 없어, 누군가 따끔하고 엄격하게 자신을 바라봐 주길 바랐다.

-5점 드리겠습니다.

그때 배도빈이 심사평을 마쳤다.

최지훈은 타마키 히로시의 득점에 깜짝 놀랐다.

"도빈이가 5점이나?"

목소리가 컸던 탓에 함께 거장의 선택을 지켜보고 있던 기획자도 덩달아 놀라고 말았다.

"무, 무슨 일 있나요?"

"아, 도빈이가 5점이나 줘서요. 놀라게 해서 미안해요."

"별말씀을."

최지훈이 영어로 상황을 설명하고 사과하자 기획자가 손을 저으며 별일 아니라고 답했다.

그는 그보다 최지훈이 그렇게까지 크게 반응한 이유가 더 궁금했다.

"5점이면 다른 심사 위원에 비해서도 낮은 점수인데, 그렇게 놀랄 일인가요?"

"네. 어렸을 땐 도빈이가 점수를 주곤 했거든요."

"그거 궁금한데요. 미스터 최라면 분명 9점 이상 받으셨겠죠?"

"하하. 그럴 리가요. 처음에는 6점이었어요."

"그래도 저 친구보단 높네요."

"아뇨. 백점 만점이었으니까요."

최지훈은 믿을 수 없다는 듯 턱을 당기고 눈을 크게 뜬 기획자를 보며 웃었다.

"쇼팽 콩쿠르에서 우승하기 전까지는 50점을 넘겨본 적 없어요. 저 사람, 아마 예전엔 피아니스트였던 걸로 기억하는데 정말 많이 노력했나 보네요."

최지훈은 타마키 히로시라는 이름을 다시금 기억하며 짐을 챙겼다.

♪

한편.

베를린 필하모닉의 사무국장 카밀라 앤더슨은 퇴근 후 베를린의 자택에서 '거장의 선택'을 시청하고 있었다.

"빌과 도빈이가 점수를 후하게 줬네. 어린이 교실 강사로 두기엔 아까운 사람 아닌가?"

그녀는 타마키를 바로 알아보지 못했지만 곧 그가 베를린 필하모닉 어린이 타악 교실의 계약직 강사라는 걸 떠올릴 수 있었다.

그를 상대했던 이자벨 멀핀이 상당히 다급하고 간절해 보였다고 말한 적 있었다.

'그러고 보니 도빈이는 프란츠 외에는 들일 생각이 없는 것 같던데.'

배도빈과 빌헬름 푸르트벵글러에게 괜찮은 평가를 받으며, 베를린 필하모닉과 함께하려는 의지도 강하지만 이미 악단주가 총애하는 인물이 있었다.

'안 됐네.'

그를 정식 직원으로 들이는 건 어떠냐고 물어보려 했던 카밀라는 어쩔 수 없는 일도 있다고 여겼다.

그런 생각을 하고 있자니 어느덧 '거장의 선택'도 마무리가 되었다.

프로그램이 끝나자 할 일이 없어진 카밀라는 아무 의미 없이 그저 채널을 돌릴 뿐이었다.

"볼 게 없어."

예능 프로그램이 재미없기로 유명한 유럽, 그중에서도 독일 방송은 탁월하게 지루했다.

덕분에 클래식 음악이나 연극, 오페라와 같은 문화가 발전, 향유되기도 했지만 혼자 사는 사람들이 약속 없는 밤을 보내기엔 절망스러운 환경이었다.

최근에는 '너만 모름'이나 '거장의 선택' 등 볼만한 프로그램도 생겨나는 추세지만 그뿐.

그외 시청할 프로그램은 뉴스 정도였다.

카밀라는 뉴스를 틀어놓고 우유를 데우러 주방으로 향했다.

-아리엘 얀스가 탈퇴하며 지휘자를 물색 중이던 로스앤젤레스 필하모닉이 단원들의 반대에 부딪혀, 당분간 감독직을 공석으로 두게 되었습니다.

전자레인지에 우유를 담은 컵을 넣은 카밀라가 뉴스 보도에 반응했다.

'이러니저러니 해도 사랑받았나 보네.'

얀스 가문의 젊은 천재가 언론으로부터 물매를 맞아, 감독직을 내려놓았던 일로 명가 로스앤젤레스 필하모닉은 큰 타격을 입고 있었다.

카밀라는 단원들이 새로운 지휘자를 거부한다는 소식에 그들과 아리엘 얀스의 관계가 알려진 것보다 끈끈했음을 알 수 있었다.

-2020년, 도쿄 올림픽에 참가했던 선수 중 일부가 방사선 피폭에 고통받고 있었다는 소식이 뒤늦게 알려졌습니다. 독일에서만 네 명. 피해 선수들은 일본 정부에 사과와 보상을 요구했으나 답변을 듣지 못한 상황입니다.

"세상에."

카밀라 앤더슨은 상식적으로 이해할 수 없는 소식에 놀라고 분노했다.

"저 나라는 변하는 게 없네. 선수들 불쌍해서 어쩐다니."

그리고 데워진 우유를 조심스레 꺼내 마시다가 문득 〈피델리오〉 아시아 투어 때를 떠올렸다.

'도빈이는 알고 있었구나.'

본래 예정은 서울, 부산, 도쿄, 고베, 베이징, 상해, 싱가포르

등 대규모 도시로 예정되어 있었는데 악단주 배도빈의 지시로 중간에 도쿄, 고베 일정이 취소되었다.

'그땐 가우왕 일로 경황이 없어서 그런가 싶었는데.'

〈피델리오〉 아시아 투어는 홍콩에서 가우왕을 구출한 일 뒤에 이루어졌었다.

배도빈은 베이징, 상해 등 중국 영토에서의 일정은 그대로 진행한 반면, 일본 일정은 취소하였다.

당시에는 악단 전체가 어수선하였기에 최대한 일정을 줄이고 안정화하려는 의도로만 생각했거늘.

지금에 와서 돌이켜보니 일정을 줄일 의도였다면 가우왕 일로 관계가 껄끄러워진 중국 공연을 취소하는 것이 나았다.

더군다나 일본은 배도빈과 베를린 필하모닉의 주 수입처.

카밀라 앤더슨은 배도빈이 일본 공연을 취소한 이유는 저뿐이라고 판단했다.

'그러고 보니 정말 그러네. 일본에 안 간 지 꽤 됐는데?'

카밀라 앤더슨은 베를린 필하모닉이 클래식 음악 부문, 아시아 최대 시장인 일본에 상당히 오랜 시간 들르지 않았다는 점을 떠올렸다.

배도빈도 개인 일정만을 위해 몇 차례 방문했을 뿐 그 인지도와 인기에 비해서는 상당히 자제하는 분위기였다.

그렇게 생각하니 도쿄 올림픽에 참가해 피해받은 선수들의 소식이 달리 다가왔다.

'저기 사는 사람들은 대체 무슨 죄야? 총리 바뀌고 좀 나아지나 싶었더니 똑같네. 똑같아.'

-첫 번째 제출자가 나타났습니다!

두 번째 과제를 받고 개인 작업실에 있던 아리엘 얀스는 스피커를 통해 전달된 소식에도 반응하지 않았다.

주어진 화음을 어떻게 더 아름답게 표현할지.

그의 신경은 온통 과제로 주어진 여섯 음계를 향하고 있었다.

고심 끝에 바이올린을 켜보고 펜을 들기를 반복한 끝에 조금씩 그의 악보를 채워나가고 있었다.

처음과 끝을 정하고.

드라마틱한 구절을 배치한 뒤 마치 퍼즐을 맞추듯, 앞과 뒤가 완벽히 맞아 들도록 고민하고 또 고민했다.

고민이 거듭될수록 음표들은 마치 원래 그곳에 자리 잡고 있었다는 듯 견고하게 배치되었다.

-두 번째, 세 번째 제출자가 연이어 나왔군요.

아리엘은 바이올린을 들어 처음부터 끝까지 연주했다.

한 번 더 반복하곤 펜을 들어 음을 조정했다.

플랫을 붙였다가 빼기도.

강세를 조절하기도 하면서 조금씩 완성도를 높여갔다.

모든 요소를 오직, 신이 오래전 안배해 놓은 흐름에 맞춰 기입할 뿐이었다.

아침이 밝아올 때야 아리엘 얀스는 모든 작업에 만족하여 깃펜을 내려놓았다.

연주를 위한 준비도 마친 그는 제출 시각까지 두 시간 정도 남았음을 확인하곤 눈을 감았다.

'알 것 같습니다.'

로스앤젤레스 필하모닉을 떠나고 몇 달간 자신을 돌이켜보았던 아리엘 얀스는 조금씩 달라지고 있었다.

한때는 음악에 자신을 드러내기보다 아름다운 소리를 내는 데 집중해야 한다고 생각했다.

절제야말로 유일한 가치.

때 묻지 않은 음악이야말로 미.

그런 음악이야말로 유일한 연결처였다.

'그러니 걱정하지 마세요. 어머니, 아버지.'

아리엘은 천천히 눈을 뜨고 그의 바이올린을 손질했다. 이제는 기억에서도 얼마 남지 않은 따뜻함에 기대어 마음을 추슬렀다.

'이제 무엇을 해야 하는지 알 것 같습니다.'

음악.

부모를 여의고 나락에 떨어진 그에게 음악은 구원이었다.

슬픔과 후회로 무너져내린 그를 지탱해 주었던 볼프강 아마데우스 모차르트.

그의 음악은 너무도 아름답고 자애로워 신의 목소리를 그대로 전달하는 듯했다.

아리엘은 탐구하고 갈망했다.

그 끝에 곡을 쓰는 행위가 이 세상 어딘가에 숨어 있는 신의 메시지를 찾는 행위와 같다고 판단했다.

음악은 구원의 말씀을 전달하는 신성하고 고결한 행위.

그 무엇도 더해지거나 빠져서는 아니 되었다.

아리엘은 위대한 모차르트와 같이 가장 이상적이고 완벽한 음을, 신의 목소리를 사람들에게 전달하고 싶었다.

본인이 구원받았듯이 저마다의 이유로 슬퍼하는 이들에게 잠시나마 위안이 되고 싶었다.

정제된 음악만이 상처 입은 영혼을 낫게 해주었으니까.

그래서.

아리엘은 자신의 이야기를 꺼내는 배도빈을 이해할 수 없었다.

그는 자신을 담는 데 주저하지 않았다. 그가 내는 소리는 너무도 매력적이라 듣고 있으면 저도 모르게 이끌리는 힘이 있었다.

악마.

아니, 이 세상 모든 이를 홀린 그는 과연 마왕으로 불릴 만했다.

지극히 세속적인 음악.

심신의 안정보다는 감정을 더욱 격하게 하여 듣다 보면 웃고 울게 되었다.

사람을 홀리는 음악.

아리엘은 그토록 훌륭한 기량을 가졌으면서 그런 음악을 하는 배도빈을 인정할 수 없었다.

몇 년이 흘렀다.

바른 음악을 하기 위해 최선을 다했지만, 대중의 관심은 언제나 마왕을 향해 있었다.

포기하지 않았다.

언젠가는 모두 어떤 음악이 옳은지 이해할 수 있을 거라 여겼다.

그러나 돌아오는 것은 제2의 배도빈, 고루한 음악가, 진부한 소리라는 말뿐이었다.

혼자였던 그를 받아주었던 토마스 필스가 물려준 로스앤젤레스 필하모닉에 상처까지 남겼다.

악단 운영진은 그를 저버렸다.

팬들조차 등을 돌렸다.

아리엘은 자신을 탓했다.

신의 말씀을 제대로 전달했다면 이렇게 될 리 없다고 자책했다.

그러다가 겨우.

자신을 돌아보고 수많은 질문을 던진 끝에야 알 수 있었다.

세속적이고 유해한 음악으로 여겼던 배도빈의 곡들이 왜 사랑받는지.

'대화였습니다.'

지하철 테러 이후.

줄곧 홀로 지냈던 아리엘은 타인과 대화할 기회를 가지지 못했다. 그래야 하는 이유조차 알 수 없었다.

할아버지와 토마스 필스의 권유로 입단한 로스앤젤레스 필하모닉이 그의 첫 사회였다.

그 탓에 그의 음악은 듣기 편했지만 불친절했고 다소 이해하기 힘든 면도 있었다.

그러나 그들과 함께하면서.

진달래를 만나고 긴 시간이 흐른 뒤에야 그는 여태껏 유일하다고 믿었던 음악에 여러 답이 있음을 깨달았다.

이상적인 화음 배치와 효율적인 리듬 전개.

세상 밖으로 나온 미숙한 천재는 녹음된 음원과는 전혀 다른, 살아 있는 음악을 접했고.

자신과 다른 생각을 가진 이들과 소통하게 되었으며.

그들을 사랑할 수 있게 되었다.

완벽, 고결, 절제.

이상으로 생각했던 것들이 모두 자신의 아집이었단 사실을 인정하기까지 오래 걸렸다.

은사 토마스 필스와 단원들을 사랑함으로써.

진달래를 사랑함으로써 뜨기 시작한 눈으로 자신을 돌아본 그는 비로소 어떤 음악을 해야 하는지 알 수 있었다.

'더 이상 신의 목소리를 좇지 않을 겁니다. 제 이야기를, 제 목소리로 부를 겁니다. 지켜봐 주세요. 아버지, 어머니. 필스 경.'

청년은.

그를 지지하는 단원들과 손을 잡고 같은 곳을 바라보는 연인이 있다고 말하고 싶었다.

긴 사색을 마치고.

아리엘이 일어났다. 문을 열고 복도로 나섰다. 운영 스태프에게 악보를 건네고 당당히 걸어 나가 이 시대 최고의 음악가들 앞에 섰다.

마리 얀스는 가면으로 얼굴을 가린 손자를 보며 생각했다.

'참가곡을 들으니 네 심경에 변화가 있는 것 같더구나. 이번 곡으로 그것이 좋은 일인지 알 수 있으면 한다.'

'레이라'와 심사 위원들이 준비를 마치자 사회자 우진이 베토벤 기념 콩쿠르 1라운드 두 번째 과제의 마지막 순서를 알렸다.

"드디어 모든 참가자가 제출을 마쳤습니다. 예상을 뒤집고 많은 분이 기한 전에 발표하였죠. 지금까지 최고 점수는 니아 발그레이가 획득한 49점. 현재 8등은 34점입니다."

시청자들은 1등서부터 8등까지 정리된 표를 볼 수 있었다.

1st 니아 발그레이 49점

2nd 파울 리히터 47점

2nd 찰스 브라움 47점

4th 프란츠 페터 42점

6th 타마키 히로시 38점

"레이라 씨가 2라운드에 진출하기 위해서는 총점 34점을 넘겨야 합니다. 준비되셨습니까?"

우진의 질문에.

아리엘 얀스가 바이올린을 받침으로써 대답을 대신했다.

레이라의 연주가 시작되고 채 1분도 지나지 않아, 심사 위원들의 얼굴이 심각해졌다.

앞선 1차전에서 레이라의 곡을 들었던 터라 어느 정도 예상하고는 있었지만 상상 이상이었다.

그는 단순한 주제를 너무도 명쾌히 풀어냈다.

니아 발그레이, 파울 리히터, 찰스 브라움, 프란츠 페터 모두 저마다 훌륭한 곡을 썼지만.

바이올린을 켜는 레이라는 그 누구와도 비교할 수 없이 찬란히 빛났다.

'훌륭해.'

배도빈이 레이라가 제출한 악보를 살피며 내심 감탄했다.

깔끔한 듯 보이지만 고민한 흔적이 이곳저곳에 남아 있었다.

특히 프레이즈와 프레이즈를 효과적으로 연결하려고 애썼는지 그런 부분들은 반복 수정한 자국이 남아 있었다.

그리고 지금 연주되고 있는 것처럼 고심 끝에 완성한 악보는 너무도 완벽히 구성되어 있었다.

1차전에서 느꼈던 작은 거리낌조차 말끔히 사라졌다.

'누구지?'

바이올린 연주도 탁월했다.

베를린 필하모닉이 자랑하는 악장단에 비해서도 나으면 나았지 못하다고 할 수 없었다.

가히 캐논의 전 주인이었던 니아 발그레이의 전성기와 바이올린의 황제 찰스 브라움에 비견할 만한 수준.

음악을 해왔다면 무명일 리 없었다.

명성이 중요한 시장이라고는 해도 어느 정도 선에서 해당되는 이야기.

배도빈은 이만한 음악가가 지금껏 주목받지 못했다는 사실을 믿을 수 없었다.

대중이 몰랐다면 적어도 음악인들 사이에서라도 소문이 퍼졌어야 정상이었다.

'아무래도 이상하단 말이야.'

그러나 그러한 생각도 레이라의 연주가 절정을 향해 치닫는 순간 하찮은 문제가 될 뿐이었다.

'열정적이야. 순수하고 솔직해.'

배도빈은 레이라의 이야기에 귀 기울였다.

멋을 부리거나 의미 없는 치장 따위 없는 진솔한 어조와 세련된 화법으로 이야기를 능숙하게 전달하니 자연스레 고개를 끄덕이게 되었다.

잔잔하면서도 부드럽고.

때로는 정열이 넘치는 멜로디.

레이라는 가장 솔직한 방식으로 자신의 매력을 발산하였다.

'내 생각이 짧았어.'

배도빈은 인정하지 않을 수 없었다.

프란츠 페터라는 거대한 원석을 발견하고 그것이 세공되는 과정에 즐거운 나머지 눈이 멀고 말았다.

그가 모르는 곳에서 이렇게나 멋진 음악가가 자신만의 세계를 구축해 나가고 있었다.

'분명 어딘가 또 있겠지.'

배도빈은 언젠가 또 그를 즐겁게 할 또 다른 음악가를 만나길 바라며, 레이라가 펼치는 이야기 속에서 흡족해했다.

그런 한편.

마리 얀스는 괄목상대한 손자의 연주를 들으며 애써 눈물을 참았다.

목 언저리가 꽉 조여들어 침을 삼키는 것조차 어려웠다.

'듣고 있느냐.'

그는 젊은 나이에 세상을 떠난 아들 부부에게 물었다.

너희의 아들이 이렇게나 자랑스럽게 성장했다고 전해주고 싶었다.

가능하다면 함께 듣고 싶었다.

'다 컸구나.'

지금껏 자신을 숨기고 억제하려고만 했던 아리엘 얀스가 비로소 자신의 이야기를 풀어내고 있었다.

마리 얀스는 줄곧 우려했다.

아침부터 바이올린을 보러 가자고 졸랐던 탓에 테러에 휩쓸린 거라고 자책했던 어린 손자.

어쩌면 지금도 그 날의 사고를 본인의 탓으로 돌리고 있는 건 아닐지.

그래서 무엇을 하든 그렇게 자신을 억누르는 것은 아닐까 걱정했다.

그러한 경향은 음악에서도 드러났다.

자신을 숨기다 보니 음악은 조심스럽고 신중해져, 담백한 맛은 있어도 가슴에 와닿지 못했다.

타인에게 들려주기보다는 스스로 만족하는 음악.

아리엘 얀스의 음악은 그러했다.

그러나 마리 얀스는 계기만 주어진다면 아리엘이 그를 구속하는 껍데기를 찢고 나올 거라 믿어 의심치 않았다.

언론과 팬들의 비난이 빗발쳐도.

성장통을 겪는다고 해도 끝내 날아오를 거라 믿었다.

스스로를 보호하기 위해 만든 고치 속에서도 그 찬란한 빛의 전조를 볼 수 있지 않았는가.

스스로를 감추고 외부와의 연결을 끊어냈음에도 아리엘 얀스의 재능은 감춰지지 않았다.

낭중지추.

그것을 보았기에 많은 이가 그를 응원하고 그의 음악을 사랑했다.

그리고 지금.

뛰어난 재능을 지니고 있음에도.

누구보다도 노력하면서도 저평가 받았던 아리엘은 비로소 온전한 모습으로 다시 태어났다.

아리엘이 연주를 마치고.

방청객과 참가자들이 열렬한 환호를 보낸 끝에.

아르투로 토스카니니가 당황한 기색을 감추지 못하고 입을 열었다.

"젊은 사람 중에 저 녀석 말고 이런 음악을 할 줄 아는 사람이 또 있다니."

토스카니니가 말하는 '저 녀석'이 배도빈을 뜻한다는 걸 모르는 사람은 없었다.

시대를 대표하는 대지휘자가 레이라를 역사상 가장 위대한 음악가로 꼽히는 배도빈에 비한 것이다.

'거장의 선택'이 방영된 이후 줄곧 쓴소리를 해왔던 아르투로 토스카니니의 발언에 모든 이가 경악을 금치 못했다.

"……놀라지 않았다고 하면 거짓이지. 설마 이 단순한 주제로 이렇게나 멋진 음악을 만들 수 있을 거라고는 생각지 않았다."

토스카니니는 레이라를 응시하며 말했다.

"네가 무명일 리 없다. 그러나 그렇다고 해도 알려진 음악가 중에 떠오르는 사람은 없어. ……지켜보지."

토스카니니가 점수를 기입했고 세트장 정면에 설치된 스크린에 숫자 10이 표시되었다.

"이거 놀랍습니다! 마에스트로 토스카니니가 최초로 10점 만점을 부여했습니다. 레이라의 총점이 기대되는데요. 마에스트로 얀스, 심사 부탁드립니다."

우진의 부탁을 받은 마리 얀스는 말없이 레이라를 바라보았다.

촉촉해진 눈가가 붉어져 있었고 힘겹게 연 입에서 나온 목소리는 무척 잠겨 있었다.

"훌륭했습니다. 앞으로 더욱 정진하라는 뜻에서 9점 드리죠."

"마에스트로 얀스께서 레이라의 곡에 깊이 감동한 듯싶습니다. 역시나 높은 점수를 부여해 주셨습니다."

우진은 좀 더 자세한 심사를 부탁하고 싶었지만 마리 얀스가 감정이 북받쳐오른 것을 보곤 적당히 마무리하였다.

푸르트벵글러가 입을 열었다.

"모든 요소가 그곳에 있어야만 하는 이유를 가지고 있다. 참가곡과 더불어 본인이 누군지, 어떤 음악을 하는 사람인지가 음악에 고스란히 스며들어 있다."

토스카니니에 이어 푸르트벵글러까지 찬사를 이어가자 방청석과 채팅방에 난리가 났다.

푸르트벵글러는 한 번 더 악보를 살핀 후 다시 입을 열었다.

"어디서든 언제든 통할 곡이다. 이렇게 솔직한 이야기를 능숙하게 구사할 줄 안다면 크게 사랑받겠지. 개성을 드러낼 줄 아는 것은 큰 재능이다."

푸르트벵글러 역시 토스카니니, 배도빈과 마찬가지로 레이라가 무명일 리 없다고 판단했다.

"그러나 자신이 누군지는 알아도, 있어야 할 자리를 찾진 못한 것 같군. 자넨 이 녀석처럼 여기 있을 사람이 아니야."

푸르트벵글러가 턱짓으로 옆에 앉아 있는 배도빈을 가리켰다.

토스카니니에 이어 두 번이나 언급된 배도빈은 불쾌한 기색을 숨기지 않았으나, 푸르트벵글러의 발언이 끝나지 않았기에 잠자코 있었다.

"다음에는 무대 위에서 봤으면 좋겠군."

푸르트벵글러가 9점을 주며 레이라의 최다 득점 가능성이 더욱 높아진 상태에서 배도빈이 마이크를 잡았다.

두 번째 과제 내내 토스카니니, 푸르트벵글러와 함께 참가자들에게 쓴소리를 했던 배도빈이 무슨 말을 꺼낼지.

모두가 긴장했다.

"저라면 여기 세 번째, 네 번째 마디는 좀 더 빠르게 진행했을 거예요. 작은 차이지만 도입이 빠르게 진행되는 편이 몰입하기 좋으니까."

배도빈이 테이블을 두드리며 악보를 살피고는 고개를 저었다.

"머지않아 차트에 당신의 이름이 오를 것 같네요."

배도빈의 발언에 우진이 호들갑을 떨었다.

"지금까지 참가자들의 정신과 의지를 무자비하게 꺾었던 마에스트로 배가 또 한 번 놀라운 발언을 하였습니다!"

배도빈이 눈썹을 찡그렸다.

"현재 클래식 음악 앨범 순위는 몇 년째 마에스트로 배가 독식하고 있습니다. 유럽과 북미, 아시아 시장을 가리지 않고 말이죠."

우진이 촬영진에게 눈짓하자 눈치 빠른 PD가 화면에 전 세계 클래식 음악 앨범 판매 순위표를 띄웠다.

1위에서부터 10위까지 정리된 그 표에, 작곡가 배도빈이 발표한 앨범은 총 아홉 개.

나머지 하나도 사카모토 료이치가 배도빈과 공동 작업한 'Honor'가 수록된 앨범이었다.

그야말로 독식.

"차트에서 이름을 볼 수 있을 거란 말씀은 레이라 씨가 마에스트로의 앨범 판매량을 넘어설 거라는 뜻인가요?"

우진의 질문에 배도빈은 무심하게 답했다.

"가능하겠죠."

"시청자 여러분! 세계 음악 시장을 제패한 마에스트로 배도빈이 레이라 씨를 그의 라이벌로 인정하였습니다! 믿을 수 없습니다. 위대한 세 명의 음악가와 어깨를 나란히 한 배도빈에게 이런 말을 들을 수 있는 사람이 또 있을까요!"

배도빈이 점수를 기입하였고.

다시금 화면이 전환된 스크린에는 배도빈의 이니셜 아래, 숫자 10이 표시되었다.

└도빈이도 10점이라고?

└왘ㅋㅋㅋㅋㅋㅋ

└경사다 경사!

└우진이 개오바 떨긴 했지만 배도빈 입장에서는 진짜 최고의 찬사를 보낸 듯. 10점이라니.

└니아 발그레이한테 8점, 찰스 브라움이랑 파울에게 7점, 프란츠에게 6점 준 거 생각하면 진짴ㅋㅋㅋㅋ

└저 정도면 오바가 아니라 진짜 라이벌 인정한 거 아님?

└말이 되냐. 무명 음악가랑 클래식 음악 올타임 레전드에게 라이벌이라는 말이 어울리는 것 같음?

└유망한 음악가에게 배도빈이 응원 차 립서비스 했다고 봐야지. 사실 지금 클래식 앨범 시장에서 배도빈 기록을 깨는 건 불가능함.

└왜?

└매년 싱글앨범을 내는데 그중 제일 적게 팔린 'A108'이 지금 누적 320만 장임. 판매 추이는 떨어졌어도 여전히 팔리고 있고.

└괜히 마왕이라고 하는 게 아냐. 배도빈 혼자서도 깡패인데 연주진도 그 베를린 필하모닉임. 기량으로도 인프라로도 세계 최강이라는 베를린 필하모닉. 판매량 싸움으로 가면 노답이야.

└클래식 팬들의 종착지가 오케스트라인 걸 감안하면 베를린 필하모닉이 진짜 너무 크네.

└솔직히 빈, 런던 심포니, 런던 필, 암스테르담 정도 아니면 명함도 못 꺼내긴 하지.

└로스앤젤레스 필하모닉은? 나 거기 좋아했는데.

└얘는 언제적 이야기야ㅋㅋㅋ 토마스 필스 살아 있을 때는 비빌 만하긴 했지.

└아무튼 배도빈의 저 발언은 그만큼 인정해 준다는 뜻이지, 현실적으로 불가능함.

└글쎄? 저 심사 위원들이 다 인정하는 거 보면 난 가능성 있다 보는데.

└확실히 좋긴 좋다야.

└배도빈이 독재 시작한 지 벌써 10년이 넘었는데 솔직히 계속될 것 같긴 해ㅋㅋㅋ

└그런 배도빈이 인정하는 거잖아. 레이라 곡 진짜 너무 선명해서 지금도 계속 들리는 거 같음. 난 저 사람이 앨범 내면 무조건 살 거임.

시청자들은 채팅을 나누는 도중에 사카모토 료이치와 브루노 발터가 각각 9점씩 주는 것을 확인하고 더욱 크게 놀랐다.

총합 56점.

정체불명의 음악가가 내로라하는 참가자 중 아무도 이르지 못한 마의 50점을 훌쩍 넘겨 버리고 만 데 경악하고 말았다.

스크린은 곧장 두 번째 과제에 참가한 이들 중 가장 높은 점수를 획득한 여덟 명의 이름을 정리해 보여주었다.

1st 레이라 56점

2nd 니아 발그레이 49점

3rd 파울 리히터 47점

3rd 찰스 브라움 47점

5th 프란츠 페터 42점

6th 박준수 39점

7th 타마키 히로시 38점

8th 제니 헤트니 34점

그것을 확인한 아리엘 얀스는 이제 겨우 한 발을 내디뎠을 뿐이라 여기며 담담히 2라운드 진출자들과 함께 무대로 걸어 나갔다.

프란츠 페터는 2라운드 진출에 감격하여 두 손을 번쩍 들었고.

타마키 히로시는 자신보다 위에 있는 여섯 음악가의 압도적인 기량에 심각해졌으며.

니아 발그레이, 파울 리히터는 무섭게 치고 올라오는 새로운 세대의 음악가들에게 위기의식을 느꼈다.

그리고.

"기다려!"

찰스 브라움은 배도빈 이후 참으로 오랜만에 그를 자극하는 바이올린 연주에 흥분해 레이라를 쫓았다.

[파란의 베토벤 기념 콩쿠르 1라운드 종료!]

[기성 음악가의 건재함과 신예 음악가의 도약이 빛나는 무대.]

[의문의 참가자 레이라, 압도적인 점수 차를 보이며 2라운드 입성!]

[마왕이 그의 라이벌을 지목하다!]

[배도빈, "머지않아 날 위협할지도 모른다."]

[배도빈의 제자 프란츠 페터 분투!]

[사카모토 료이치, "지금은 심사를 맡은 우리에게 주목하고 있지만 정말 수준 높은 콩쿠르. 곧 이들의 시대가 오기를 고대."]

파란을 일으킨 베토벤 기념 콩쿠르에 관한 기사가 하루에도 수만 건씩 쏟아졌다.

가명으로 참가한 니아 발그레이와 찰스 브라움의 정체가 밝혀지면서 업계인과 팬들은 베토벤 기념 콩쿠르를 니아, 찰스, 파울의 삼파전으로 여겼었다.

그러나 그러한 예상과 달리.

1라운드가 종료된 시점에서는 그 누구도 우승자를 확신할 수 없게 되었다.

마왕 배도빈의 제자 프란츠 페터가 약진하는 가운데.

성별과 이름, 출신, 이력 모든 것을 숨기고 참가한 레이라가 큰 격차를 보이며 2라운드로 진출한 것이었다.

'거장의 선택'을 통해 베토벤 기념 콩쿠르를 시청하는 이들은 기성 음악가를 상대로 배도빈의 제자와 그가 인정한 라이벌이 어디까지 이를 수 있을지 추측하며 정보를 모으고 의견을 나누기 바빴다.

언론 역시 그와 같은 분위기를 감지하고 자극적인 제목으로 기사를 써댔다.

배도빈의 발언을 과장하고 왜곡해 레이라란 인물을 조명하기도 했다.

그로 인해 과열된 열기는 범지구적 현상으로 번져나갔다.

평단도 예외는 아니었다.

돈 냄새를 맡은 평론가들은 심사 위원들의 평과 반대되는 이야기를 자중하는 한편, 차세대 음악인으로 주목받을 이를 나름대로 분석하여 독자를 끌어들이기 바빴다.

2025년 겨울.

팬과 언론, 평단이 모두 베토벤 기념 콩쿠르를 언급하니 각 나라의 클래식 음악 전문 채널도 그에 부응.

음악가, 언론인, 평론가 등을 모아두고 베토벤 기념 콩쿠르의 추이를 예상하는 프로그램을 마련하였다.

프랑스의 유력 방송사 떼에프엉에서 특별 기획한 '오늘의 클래식'은 제1회 오케스트라 대전에서 사회를 맡았던 프랑수아 자르제를 초청.

첫 방송을 시작하고 있었다.

자르제가 시청자와 패널들에게 인사했다.

"안녕하십니까. 오늘의 클래식의 프랑수아 자르제입니다. 최근 여섯 명의 거장이 심사를 맡아 화제가 된 콩쿠르가 있죠? 베토벤 기념 콩쿠르를 심도 있게 분석하기 위해 전문가 네 분께서 함께해 주셨습니다. 안녕하십니까."

패널들이 서로 안부를 물으며 프로그램이 시작되었다.

"시작은 역시 심사 위원단이겠죠. 빌리 브란트 기자님, 기자님께서는 어떻게 보십니까?"

슈피겔을 빌리 브란트가 허허 하고 웃었다.

"더 말할 것이 있겠습니까. 베토벤 기념 콩쿠르를 방송하는 프로그램 제목이 거장의 선택. 제목이 모든 것을 말해주고 있습니다. 누가 뭐라 해도 이 시대 가장 위대한 음악가들이니까요. 화제성도 그렇지만 그들의 선택을 부정할 수 있는 사람은 아무도 없을 겁니다."

"그만큼 공정하고 엄격한 심사가 진행된다는 말씀이시군

요. 그렇다면 평단의 말을 듣지 않을 수 없겠습니다. 파인 리파스토 대표님?"

사회자 자르제가 클래식 음악 전문 잡지 먼즈의 대표이자 평론가 파인 리파스토에게 시선을 주었다.

"하하. 요란한 것처럼 보이나 사실 평단에서는 발언을 조심하는 추세입니다. 베토벤 기념 콩쿠르가 시작되고 일주일이 흘렀지만 주목할 만한 말은 나오지 않았죠."

"그 이유가 무엇일까요?"

"너무나 큰 관심을 받아서 잊을 수 있지만 거장의 선택의 본질은 콩쿠르입니다. 콩쿠르 안에서의 평은 전적으로 심사 위원에게 달려 있죠. 평단에서 나서는 건 그들의 권위에 도전하는 행위입니다."

상식적인 답변에 사회자와 패널들이 공감하자 파인 리파스토가 빙그레 웃었다.

"게다가 그분들의 말과 조금이라도 다르면 어떤 후폭풍이 있을지 모르니 다들 몸을 사릴 수밖에요."

"하하하하!"

파인 리파스토의 솔직한 말에 패널들도 가볍게 웃었다.

자르제가 진행을 이어나갔다.

"파인 리파스토 대표의 말처럼 음악계에서 베토벤 기념 콩쿠르 심사 위원단의 말은 진리나 다름없습니다. 그러나 참가자들에 대해서 이야기 나눠봐야 하겠죠. 오늘 함께해 주신 분들께서는 난감한 상황이네요."

자르제가 과거 피아니스트로서 크게 성공했고 은퇴 후 여러 협회에 몸담고 있는 미카엘 블레하츠에게 시선을 주었다.

빌헬름 푸르트벵글러, 배도빈, 마리 얀스, 사카모토 료이치, 아르투로 토스카니니, 브루노 발터 정도의 위상은 아니나 거장으로 불렸던 만큼 그의 발언은 공신력을 지니고 있었다.

자르제는 그런 그가 먼저 발언하게 함으로써 다른 패널들의 부담을 줄이고자 했다.

"이거 독박을 쓰는 건 아닌지 모르겠군요."

사회자와 패널들이 멋쩍게 웃었다.

엄살을 부려 본 블레하츠도 작게 웃은 뒤 이야기를 풀어내기 시작했다.

"사실 발그레이와 리히터, 브라움 같은 경우에는 말할 것도 없죠. 같은 시대에 활동했던 사람으로서 존경할 뿐입니다. 저는 일찍 은퇴했지만 여전히 음악인으로서 살아가는 그들이 부럽기도 하고요."

"그러고 보니 블레하츠 씨는 빌헬름 푸르트벵글러 집권 당시에 베를린 필하모닉과 몇 차례 협연했었죠."

"네. 그들과 함께한 일은 잊지 못할 겁니다."

"역시 함께했던 입장이시다 보니 말씀에 믿음이 가는데. 루

키들에 대해서는 어찌 보십니까?"

자르제가 본론을 언급했다.

니아 발그레이, 파울 리히터, 찰스 브라움과 같이 이미 입증된 인물에 대해서는 대부분 같은 입장이니, 오늘 주제는 자연스레 신인들을 향할 수밖에 없었다.

"역시 눈에 띄는 사람은 두 사람이죠. 레이라와 프란츠 페터 군. 그들과 같이 뛰어난 작곡가가 나타나 기쁠 뿐입니다."

슈피겔의 빌리 브란트가 블레하츠의 말을 이어받았다.

"사실 클래식 음악계에서는 정말 보기 드문 일입니다. 배도빈 이후 상황이 나아졌다고는 하지만 여전히 연주자의 비율이 압도적으로 많았습니다. 수요 때문이기도 하지만."

"관심과 능력도 적지 않은 영향을 미쳤죠."

"그렇습니다."

빌리 브란트가 파인 리파스토의 첨언에 눈인사하며 이야기를 이어나갔다.

"배도빈이 활동하기 전, 클래식의 위치는 다소 애매했습니다. 많은 악단이 연주회만으로는 운영이 어려워 활로를 모색하고 있었죠. 지금은 당연해진 디지털 콘서트홀이나 오랜 역사를 함께한 영화 산업, 게임업계와도 긴밀하게 연결되어 있었죠. 정말 소수의 작곡가만이 살아남을 수 있는 환경이었습니다. 더군다나 지망생들의 경쟁자는 이름만 대도 알 수 있는 위인들이었으니까요."

"확실히 클래식 작곡가로서 활동하기 부담스러웠군요."

"네. 하지만 세상이 정말 많이 달라졌습니다. 이제는 대중음악 못지않게, 아니, 일부 음악가에 한해서는 대중음악 이상으로 인기를 끌고 있습니다. 곡을 쓰고 싶은 사람들에게도 가능성이 생겨나기 시작한 거죠. 하지만 그럼에도 신인 작곡가는 나타나지 않았습니다. 아니, 주목받은 사람이 없었다고 말해야겠죠."

"무엇 때문인가요?"

"결국 실력 문제죠. 앞서 말씀드린 상황을 누가 주도했는지는 아마 모두 알고 계실 겁니다. 배도빈이죠. 배도빈에게 익숙한 대중을 만족시킬 만한 신인 작곡가라. 글쎄요. 로스앤젤레스 필하모닉의 감독이었던 아리엘 얀스 정도일까요?"

빌리 브란트의 예시에 패널들이 고개를 끄덕였다.

"결국 배도빈이 지배하는 클래식 음악계에 감히 반기를 들기량을 갖춘 이가 없었다는 겁니다. 그런데, 그 가능성을 지닌 두 사람이 나타난 겁니다."

"그 두 사람이 프란츠 페터 군과 레이라라는 말씀이군요."

"그렇습니다."

빌리 브란트가 발언을 마치자 파인 리파스토가 논제를 이어받았다.

"확실히 그 두 사람에게는 빛나는 무엇인가가 느껴집니다. 만약 배도빈이 어렸다면 저러지 않았을까 싶을 정도로요."

파인 리파스토의 말에 미카엘 블레하츠가 웃고 말았다.

"하하. 리파스토, 그가 3살 때 발표한 부활을 잊었습니까? 도빈이는 그 시절 이미 완성되어 있었습니다."

말문이 막힌 파인 리파스토가 무의미한 제스처를 취하다가 겨우 입을 열었다.

"말하자면 말이죠."

"하하하하."

분위기를 가라앉히는 웃음 뒤에 자르제가 최근 언론과 평단에서 조금씩 언급되는 이야기를 꺼냈다.

"브란트 기자님의 말씀 도중 아리엘 얀스가 언급되었습니다. 사실 정말 많은 분이 그를 배도빈의 대항마로 여겼습니다만, 베토벤 기념 콩쿠르에는 참가하지 않았습니다. 그뿐만 아니라 감독직 사퇴 후 여전히 침묵하고 있는데, 이런 기사들이 올라오고 있더군요."

자르제의 말과 동시에 스크린에 아리엘 얀스에 관한 기사들이 나오고 있었다.

[아리엘 얀스 반년째 무소식]

[신동은 신동일 뿐인가]

[아리엘 얀스, 사퇴 후 이렇다 할 성과 없어]

[배도빈, 라이벌을 지목하다. 제2의 배도빈으로 불렸던 아리엘 얀스에 대한 언급 전무]

[아리엘 얀스, 본인 때문에 고통받는 로스앤젤레스 필하모닉을 설득해야 할 것]

패널들은 악의가 다분히 보이는 기사를 보며 씁쓸함을 감추지 못했다.

특히나 분개한 미카엘 블레하츠가 나섰다.

"치졸하기 짝이 없군요. 애초에 과장과 거짓, 선동뿐입니다."

자르제가 그를 진정시키고자 물을 권했고 목을 축인 블레하츠는 다소 마음을 가라앉히고 발언을 이어나갔다.

"우선 라이벌이란 말은 왜곡된 표현입니다. 도빈이도, 그 자리에 있던 어느 누구도 그런 표현을 사용하지 않았습니다. 비교하길 좋아하는 언론이 마음대로 붙인 말이죠."

언론인인 빌리 브란트 기자와 파인 리파스토도 인정하듯 고개를 주억거렸다.

"더군다나 이미 책임을 지고 사퇴한 그에게 악단을 설득해 새 지휘자를 들이라니. 저같은 요구를 하는 건 아리엘 얀스나 로스엔젤레스 필하모닉을 무시하는 처사입니다. 믿을 수 없군요."

지금까지 상황을 지켜보고 있었던 또 다른 평론가 지미 오울이 입을 열었다.

"블레하츠 씨의 의견에 동의합니다. 언론이라고 해서 개인과 기업에 이래라저래라하는 것은 권한 밖의 일입니다. 그러나 아리엘 얀스에 대한 평에는 일리가 있는 것 같군요."

토마스 필스 때부터 아리엘 얀스 시절까지 로스앤젤레스 필하모닉과 여러 차례 업무를 함께했던 블레하츠가 지미 오울의 발언에 눈썹을 꿈틀댔다.

"어떤 말씀이신가요?"

사회자 자르제가 지미 오울에게 질문해 발언권을 주었다.

"사실 그동안 아리엘 얀스는 부풀려진 감이 없지 않아 있었습니다. 그것을 단적으로 보여주는 게 평단의 반응입니다. 최근 여러 평론가가 그에게 쓴소리를 아끼지 않았죠. 천재라고 불리는 것에 비해 고루하고 진부했으니까요."

블레하츠, 브란트, 리파스토의 표정이 점점 굳어졌다.

"반면 프란츠 페터와 레이라는 어떱니까. 빌헬름 푸르트벵글러와 배도빈에게 인정받은 그들이야말로 진짜 천재 아닐까요? 아까 언론과 평단이 비교하길 좋아한다고 말씀하셨는데, 맞습니다. 그러나 지금껏 배도빈과 감히 비교할 사람이 없었고 비슷한 나이의 젊은 지휘자가 있었을 뿐이었죠."

지미 오울은 패널들의 반응에는 아랑곳하지 않고 적당한 제스처를 취해가며 이야기를 풀었다.

"아리엘 얀스는 그 덕에 인기를 얻었던 것으로 봅니다. 이제 대체자가 나왔으니 자연스레 본래 있어야 할 자리로 돌아가야겠죠."

"정말 그렇게 생각하십니까?"

미카엘 블레하츠가 어금니를 깨물며 물었다.

"그렇습니다."

"아리엘의 음악이 고루하다니. 그 완벽하게 조율된 곡을 정말 들어보신 겁니까?"

"하하. 듣지도 않고 이런 말을 하겠습니까? 물론 블레하츠 씨처럼 좋게 보시는 분들도 이해합니다. 다만 북미 평론가 협회에 등록된 사람 대부분이 그를 비판하고 있죠."

미카엘 블레하츠는 주먹을 쥐었다.

'너희가 악의적으로 단합했단 사실을 모를 것 같으냐.'

블레하츠는 뛰어난 음악가를 평단과 언론이 합심해 벼랑 끝으로 내몰았던 것도 모자라, 사퇴한 후에도 재기불능으로 만들고자 하는 행태에 구토라도 하고 싶은 심정이었다.

그뿐만이 아니었다.

그들은 부당한 방법으로 부정한 권익을 챙기면서 동시에 음악가들을 협박하고 있었다.

잘 보이라고.

그러지 않으면 아리엘 얀스처럼 된다고 말하고 있었다.

미카엘 블레하츠는 그것이 너무도 분했다.

그러나 치졸한 말싸움으로 다져진 그를 아무런 준비 없이 건드렸다간 도리어 상황을 안 좋게 몰 수 있었기에 참을 뿐이었다.

'정녕 진실로 펜을 쥔 사람은 없는 것인가.'

블레하츠는 지미 오울을 자제시키는 패널들을 둘러보며 한숨을 내쉬었다.

♪

독일, 본의 한 호텔.

차채은은 평론가들이 베토벤 기념 콩쿠르 참가자를 다루지 않음을 기회로 여기고 있었다.

그녀는 레이라, 프란츠 페터와 같이 유명세를 얻고 있는 이들뿐만 아니라 각 참가자에 대한 코멘트를 남기고 있었는데.

갑자기 들린 큰 소리에 깜짝 놀라고 말았다.

"뭐야?"

누군가 문을 힘껏 두드렸다.

쾅쾅쾅!

"누구세요?"

"나야. 얼른 문 열어."

한이슬의 목소리에 차채은은 놀란 가슴을 진정시키며 문을 열었다.

"아, 뭐야. 놀랐잖아요."

"얘는. 너 사고 쳤더라?"

"사고?"

"어디 감히 전설들이 평한 사람들을 다시 평하냐고 난리던데?"

겨우 진정한 차채은이 다시 한번 깜짝 놀라고 말았다.

"아니! 말할 수도 있지! 진짜 그런 걸로 뭐라 해요?"

"아니."

한이슬이 웃으며 안으로 들어섰다.

또 한 번 놀림당했다는 사실을 깨달은 차채은이 한이슬의 등짝을 때리며 쫓아갔다.

두 사람은 한이슬이 사 온 음료를 사이에 두고 마주 앉았다.

"그렇긴 해도 조심하는 건 사실이야. 다른 말을 해서 미숙하단 이미지를 뒤집어쓸까 봐."

"어떻게 답이 하나밖에 없어요? 그냥 하고 싶은 말 하는 거지."

"다름을 인정하는 것보다 옳고 그름을 나누는 게 쉬우니까. 또 평론가 중에 꽤 많은 인간이 자기 생각에 자신이 없거든. 푸르트벵글러의 말을 인용해서 반박이 들어오면 그런 무식한 인간들이 어떻게 답하겠어? 제 주제를 아니까 자제하는 거지."

"한심해."

"응. 한심하지."

차채은은 음료로 목을 축이는 한이슬을 보다가 물었다.

"언니는? 왜 안 쓰는데요?"

"나?"

차채은이 고개를 끄덕이자 한이슬이 의미심장하게 웃고는 고개를 저었다.

"쓰고 있는데?"

"정말? 뭔데요?"

"기획 기사 주제를 함부로 공개할 순 없지."

"치사하게. 맨날 자기만 비밀이야."

"궁금해?"

"하나도 안 궁금하네요."

차채은의 반응이 귀여워 매번 괴롭히지 않고는 버틸 수가 없는 한이슬은 가방에서 서류 뭉치 하나를 꺼냈다.

"자."

자존심 때문에 보지 않으려 했던 차채은은 호기심을 이기지 못하고 그것을 확인하곤 깜짝 놀라고 말았다.

투병 중이던 니혼 필하모니의 지휘자가 죽었다는 내용이었다.

"이게 뭐예요? 진짜?"

"고령이긴 해도 건강했던 사람이 갑자기 죽었어. 대체 뭐 때문에 죽었는지 감춰서 알 수 없었는데, 내부 피폭 때문이더라고."

"피폭?"

"방사선. 일본 협회 쪽에서 함구하고 있는 걸 보면 입막음

당한 것 같은데, 니혼 필하모니가 후쿠시마 재건 행사에 많이 불렸던 걸 생각하면 그냥 묻힐 일은 아냐. 분명 니혼 필하모니 단원들이 자주 교체된 것도 이 때문이겠지."

차채은은 말문이 막히고 말았다.

"일본 클래식 음악계의 부패와 위기. 언론에서 나서지 않으니 나 같은 사람이라도 해야겠지?"

"거기 가려는 건 아니죠? 위험해."

"위험하지."

"알면서 왜."

"걱정 마. 결혼도 못 했는데 죽을 생각 없어. 나카무라 조합장이 이것저것 자료를 보내주기로 했거든. 아마 이 기회에 썩은 뿌리를 뽑아내려는 모양이야."

"아."

차채은은 그제야 안도했다.

· 100악장 ·
굴하지 않으리라

베토벤 기념 콩쿠르 1라운드 종료 후, 참가자들에게 하루간 휴식이 주어졌다.

두 번째 과제에서 24시간 내내 깨어 있느라 무리한 이들을 배려한 조치였다.

덕분에 심사 위원 배도빈과 콩쿠르 참가 중인 베를린 필하모닉 단원들도 숙면할 수 있었다.

늦은 오후.

가우왕이 호텔 라운지에서 커피를 마시고 있던 배도빈에게 다가갔다.

피로가 덜 풀린 탓에 하품을 늘어지게 해대며 소파에 등을 파묻은 그는 한동안 멍하니 있다가 직원에게 커피를 주문하고 나서야 배도빈을 살폈다.

심각한 표정으로 핸드폰을 보고 있었고 때때로 작게 한숨을 내쉬었다.

꽤 심각한 표정이었기에 묻지 않을 수 없었다.

"뭘 그렇게 보냐?"

그러나 배도빈은 집중한 탓에 질문을 듣지 못하고 중얼거릴 뿐이었다.

"아무래도 이상하단 말이야……."

가우왕은 배도빈의 그런 모습을 의아하게 여기면서도 자꾸만 나오는 하품을 참지 못하였다.

"주문하신 커피 나왔습니다."

"아, 고마워."

가우왕이 차디찬 커피를 몇 모금 마시며 정신을 차리는 동안에도 배도빈은 혼잣말을 계속했다.

"모를 리가 없는데."

"왜 여태 알려지지 않았지?"

"의도적으로 숨긴 건가?"

"왜?"

어느 정도 정신을 차린 가우왕이 답답하여 재차 물었다.

"뭐 보냐."

배도빈은 답하지 않고 핸드폰을 훑을 뿐이었다.

가우왕은 그가 무엇에 집중하기 시작하면 아무것도 눈에 들어오지 않는다는 걸 알면서도 새삼 그 비정상적인 집중력에 짜증이 났다.

"야."

안중에도 없다는 듯 고정된 시선.

가우왕이 한 번 더 소리치자 배도빈이 그제야 고개를 들었다. 순진무구한 눈으로 언제 왔냐고 묻는 듯한 얼굴이었다.

가우왕은 턱짓으로 그의 핸드폰을 가리키며 다시 물었다.

"뭐 보냐고."

배도빈은 가우왕에게 언제 왔냐고 묻고 싶었지만 그보다 방금 발견한 놀라운 사실을 그도 알고 있었는지가 더 궁금했다.

"알고 있었어요?"

"뭘?"

"태국 카레는 코코넛 밀크를 베이스로 만든대요."

"……그러냐."

무슨 고민을 저리도 심각히 하나 궁금했던 가우왕은 어이가 없어 고개를 저었다.

'제정신이 아니야.'

그를 오래 알고 지냈지만 음악을 할 때와 평소의 갭이 너무나 컸다.

"지금까지 왜 그런 생각을 못 했는지 이해할 수 없어요. 물이 아닌 걸로 끓인 카레라니. 코코넛 밀크로도 가능하다면 다른 것도 가능하다는 말이잖아요."

가우왕은 배도빈이 뭐라 떠들든 귀에 담지 않았다.

'시내에 케이크 잘하는 곳이 있다고 하던데. 이따 소소 데리고 가 볼까. 그 녀석 단 거 좋아하니까.'

"우유로 만들어도 맛있을까 싶어요. 육수를 사용하는 것도 시도해 봄 직하고요. 사골 국물도 괜찮을지 확인해 봐야겠어요."

'그러고 보니 다음 달이네. 최지훈 말고는 어중이떠중이들이겠지만 쉽게 내줄 순 없지.'

"양파를 같이 오래 끓이면 단맛이 좋단 말이죠. 시간이 오래 걸리는 게 단점인데 음료수를 육수로 쓰면 쉽게 그 효과를 얻을 수 있지 않을까 싶어요. 오렌지 주스라든가."

배도빈의 말을 반쯤 무시하고 있던 가우왕이 입을 열었다.

"네가 한 음식이 왜 그렇게 맛없는지 알 것 같다."

요리 실력을 비하당한 배도빈이 인상을 썼다.

"그러니까 노력하고 있잖아요."

"아니야. 틀렸어. 애초에 주스를 넣겠다는 마인드부터가 글러 먹었어. 아주 글러 먹었어."

"그런 고정관념이 발전을 저해하는 거예요."

"틀린 건 틀린 거야."

가우왕이 모질게 굴었지만 미식가 배도빈은 결코 굴하지

않았다.

지금은 베를린 필하모닉과 최지훈, 차채은 같은 친구 그리고 그의 가족마저도 기피하지만 언젠가는 최고의 카레를 만들 거라는 꿈을 포기하지 않았다.

"그건 그렇고. 어때?"

"뭐가요."

"프란츠. 우승할 수 있겠어?"

"아뇨."

가우왕이 고개를 끄덕였다.

"재능도 있고 열심히 하던데 아쉽구만."

"발그레이나 리히터가 나올 줄은 몰랐으니까요."

"빌어먹을 나르시스트도."

"레이라도."

두 사람은 한동안 생각을 정리하다가 동시에 입을 열었다.

"걔 말이야. 레이라. 대체 누구야?"

"모르죠. 가우왕은?"

같은 질문을 하고, 받은 두 사람은 한숨을 내쉬었다.

"답답해 미치겠네. 이해할 수 없단 말이지. 그 정도 되는 인간을 너나 내가 모를 리가 없는데."

"푸르트벵글러랑 사카모토도 모르겠대요. 그렇게 확고한 사람이라면 몇 곡 듣고 파악할 수 있을 텐데."

"으음."

생각을 공유해도 답이 없었기에 고민을 이어가던 중 가우왕이 입을 열었다.

"……LA의 또라이라든가."

가우왕의 말에 배도빈이 인상을 썼다. 턱을 잡아당긴 그 모습이 질색이라 가우왕이 어깨를 으쓱였다.

"아무리 생각해도 너랑 그놈 말곤 그 정도 수준이 없었단 말이지."

"진솔하고 멋진 음악을 하는 레이라를 그 정신병자랑 비교하지 마요."

"너도 그놈 실력은 인정하잖아."

배도빈이 고민도 않고 부정했다.

"실력은 실력이고. 두 사람이 지향하는 방향이 너무 다르잖아요."

"하긴. 달라도 너무 다르지. 그래도 달리 후보가 없잖아. 만약에 레이라가 아리엘이라 한다면 어때. 평생 해오던 스타일을 바꿀 수 있겠어? 너도 여러 시도 하잖아."

"장르나 풍조는 바꿀 수 있지만 말하려는 바는 변하지 않아요. 사람이 바뀌지 않고서야."

"그렇지. 하아. 도통 모르겠단 말이야."

다시금 고민을 이어가는 두 사람에게 왕소소, 나윤희, 스칼라가 다가왔다.

"가우왕 씨도 계셨구나."

"배고파."

동생을 발견한 가우왕이 입을 열었다.

"마침 잘됐네. 요 앞에 괜찮은 식당이 있다는데 가자."

"싫어."

"벌써 먹었냐?"

"아니. 오빠랑 먹는 게 싫어."

동생을 향한 가우왕의 사랑은 지극했지만 소소는 그럴 때마다 좋지 않은 일을 겪어야만 했다.

어렸을 적에는 얼후를 밟아서 망가뜨렸고 커서는 활동을 돕는답시고 무리한 퍼포먼스를 제안해 지금도 가끔 이불을 걷어차게 하는 '버라이어티 쑈'를 하게 했다.

최근에는 가족 전체가 독일로 귀화하면서 함께 살게 되더니 '세 개의 손을 위한 소나타'를 익히는 과정에서 도저히 같이 살 수 없을 만큼 소음을 내어 결국 단원 기숙사로 이사하였으니.

오빠 왕가우와 붙어 있지 않는 게 최선이라고 여길 수밖에 없었다.

동생의 단호함에 충격받은 가우왕은 이미 다 마시고 얼음만 남은 컵을 입에 가져갈 뿐이었다.

나윤희가 나섰다.

"그러지 말고 같이 먹자."

"……."

왕소소는 무척 껄끄러웠으나 친구의 제안을 마냥 거절하기도 싫어 망설였다.

두 사람이 친하게 지내길 바라는 나윤희는 포기하지 않고 이번에는 가우왕에게 말을 걸었다.

"저희 살바토르라는 식당 가려는데 같이 가요. 괜찮지?"

나윤희의 질문에 배도빈과 스칼라가 고개를 끄덕였다.

이대로 있으면 저녁 식사를 함께할 것 같은 분위기라 소소는 괜히 가우왕을 타박했다.

"친구도 없어? 왜 맨날 혼자 있어."

"참, 왜 마음에도 없는 말을 해. 그럴 리가 없잖아."

나윤희가 가우왕이 뭐라 하기 전에 소소를 달랬다.

"친구 없을걸요."

그러나 배도빈이 나서며 상황은 더욱 악화될 뿐이었다.

애써 두 사람을 함께 있게 하려던 나윤희는 배도빈이 더는 방해하지 못하게 고개를 저어 보였다.

배도빈은 나윤희의 의도를 이해할 수 없었지만 일단은 잠자코 있었다.

그러나 아니나 다를까.

가우왕도 더는 참지 않았다.

"됐어. 너희끼리 가. 내가 만날 사람도 없을 것 같아? 괜찮은 데가 있다고 하니까 데려가려던 거지."

"없잖아요."

배도빈이 한 번 더 나섰다.

가우왕은 눈썹을 꿈틀댔고.

남매가 함께 식사할 분위기를 만들고자 했던 나윤희는 배도빈의 등을 찔렀다.

왕소소는 그러면 그렇지라고 생각하며 고개를 끄덕였는데 스칼라가 입을 열었다.

"친구 있어."

"그럴 리 없어."

가우왕의 성격을 받아줄 사람은 사기꾼이나 영업 사원밖에 없을 거라고 확신하던 배도빈이 부정했지만 스칼라는 고개를 저었다.

"저번에 노란 머리 여자랑 밥 먹는 걸 봤어."

"너! 무, 무슨 소릴 하는 거야!"

가우왕이 깜짝 놀라 말을 더듬었다. 스칼라의 입을 막으려는 시도였으나 그에게 문명인의 상식이 존재할 리 없었다.

이어지는 스칼라의 발언에 가우왕은 당황하지 않을 수 없었다.

"즐거워 보이더만."

"다, 닥쳐."

"왜 화를 내지? 친구가 없어 슬픈 것 아니었나?"

"없어! 그런 기억 없어! 네가 잘못 본 거다."

"아닌데. 분명……. 읍!"

가우왕이 다급히 일어나 스칼라의 입을 막았다.

스칼라가 그를 뿌리치려 애썼지만 빠져나오지 못했고 두 사람은 한동안 실랑이를 벌인 끝에 집중된 시선을 느끼고 나서야 다소 진정했다.

그러나 이미 밝혀진 사실을 숨길 수는 없었다.

"누구 만나?"

소소가 물었다.

그녀는 노총각인 오빠가 누구를 만나고 있다는 사실에 적잖이 관심을 보였다.

만 39세의 장남의 인륜지대사는 왕씨 가족 모두가 바라는 일이기도 했으며, 이 성질 고약한 인간이 가정이라도 가지면 정신을 차리지 않을까 하는 바람도 담겨 있었다.

더욱이 출가하게 되면 마주칠 일도 줄어들 테니 소소에게는 너무나 반가운 일이었다.

"……."

가우왕이 스칼라를 노려보고는 어쩔 수 없다는 듯 머리를 벅벅 긁고는 입을 열었다.

"그냥 친구야."

"거짓말."

소소의 반응에 배도빈이 고개를 끄덕였다. 그에게 친구가 있을 리가 없다고 확신한 탓이었다.

그때 가우왕에게서 해방된 스칼라가 하려던 말을 기어이 내뱉고 말았다.

"찰스 브라움 악장과는 매번 싸우면서 그의 동생과는 친구였단 말이군."

스칼라의 말에 배도빈의 눈이 거의 튀어나왔다.

소소와 나윤희도 깜짝 놀라 추궁하기 시작했다.

"저, 정말이에요?"

"빨리 말해."

"뭘. 밥 먹으러 간다며. 빨리 가버려. 그리고 너, 입 함부로 놀리지 마라."

가우왕이 스칼라를 위협했다.

험악한 분위기를 풍겼으나 곧 동생에게 멱살을 잡혀 이리저리 흔들리고 말았다.

"당장 말해!"

"야, 야."

가우왕은 자신의 가슴팍까지밖에 안 오는 동생에게 휘둘리며 난감함을 호소했지만.

소소와 마찬가지로 배도빈과 나윤희도 가우왕과 찰스 브라움의 악연의 이유가 밝혀질 절호의 기회를 놓칠 수 없었다.

"여기서 이러지 말고 어디 조용한 데로 데려가요."

"데려가긴 어딜 데려가? 이거 놔!"

"어, 어떻게. 언제부터 만나신 거예요?"

"남이사 뭘 하든 무슨 상관이야! 왕소소, 너 이거 안 놔?"

큰 소란 후.

일행은 본래 일정이었던 살바토르 레스트랑을 대신해 보안이 철저한 곳으로 가우왕을 연행했다.

"정말 찰스 동생이랑 만나고 있어요?"

"결혼해."

"지금까지 계속 숨기신 거예요?"

"날짜 잡으라고."

"찰스 동생 누군데요?"

"신혼여행 내가 예약해 줄게. 아니, 식장도 잡아줄게. 결혼만 해."

"어떻게 만난 건지 알려주세요."

"놓치기만 해봐. 납작 엎드려서 빌어. 결혼해 달라고 빌어."

끝없이 이어지는 질문과 협박에 지친 가우왕이 결국 자백하고 말았다.

"예나 브라움. 대학 다닐 때 아르바이트로 피아노 가르쳐 줬던 애야."

배도빈, 왕소소, 나윤희, 스칼라가 고개를 세차게 끄덕이며 다음 말을 재촉했다.

"진지한 관계 아니야."

그 모습이 부담스러워 가우왕은 말을 꺼내기 전에 선을 분명히 했으나 일행의 반응은 냉담했다.

"정신 차려요."

"쓰레기."

"실망이에요."

"상종 못 할 남자군."

배도빈, 왕소소, 나윤희, 스칼라로부터 차례로 비난받은 가우왕의 이마에 힘줄이 돋아났다.

"그냥 가끔 만나서 어떻게 지냈는지 물어보고 밥이나 먹는 사이라고! 너희가 지금 이렇게 할."

"영화도 보지 않았나."

"너 대체 어디까지 쫓아온 거야! 아니, 대체 왜 따라다녀!"

가우왕은 스칼라가 대체 자신을 왜 따라다녔는지 이해할 수 없었다.

"찰스 브라움 악장이 말하더군. 당신과 동생이 만나는 걸 제보하면 근사한 바이올린 장인을 소개해 주겠다고."

"뭐!"

뒷조사를 당했다는 생각에 가우왕은 눈의 실핏줄이 터질 정도로 분노했다.

동시에 언론을 의식하여 철저히 비밀에 부치고 행동에도 조심했던 만남을.

파파라치들도 알아채지 못했던 만남을 스칼라가 어떻게 알았는지 이해할 수 없었다.

"너 정체가 뭐야."

"훌륭한 사냥꾼은 사냥감이 추적당한다는 사실을 모르게 하지."

"뭐?"

"지금 그게 중요한 게 아니잖아요. 단둘이 식사하고 영화 보는데 진지한 관계가 아니라뇨."

"친구라고 했잖아."

"결혼해."

"넌 아까부터 자꾸 뭔 소리야! 결혼 안 해!"

가우왕은 점점 지쳐가고 있었다.

"그래서. 실제로는 어떤데요."

"어쩌고 자시고 그냥 가끔 만나는 사이라고. 친구 몰라? 친구!"

배도빈이 성내는 가우왕을 무시한 채 곰곰이 생각하다 다시 물었다.

"뭐 하는 사람이에요?"

"그건 왜."

"궁금하니까."

"그러니까 왜 궁금하냐고."

"가우왕이랑 결혼할지도 모르는 사람이니까."

"이 빌어먹을 꼬맹이가 뭘 잘못 먹었나. 아까부터 왜 자꾸 헛소리야! 애초에 걔랑 나는!"

"무슨 사인데?"

　역정을 내던 가우왕 뒤에 한 여성이 빙그레 웃으며 다가왔다.

　처음 보는 사람이었지만 낯설지는 않았다.

　찰스 브라움과 꼭 닮은 아름다운 금발과 희고 생기가 넘치는 피부가 인상적이었다.

"아, 이 사람이야."

　배도빈과 일행은 스칼라가 말하기 전 이미 그녀가 찰스 브라움의 동생 예나 브라움라는 사실을 알 수 있었다.

"너, 너 왜 여기 있어?"

"왜긴. 놀러왔지."

　놀란 가우왕을 시큰둥하게 대한 예나 브라움은 배도빈과 일행을 둘러보고 예를 표하며 인사했다.

"안녕하세요. 처음 뵙네요. 예나 브라움라고 해요."

"아, 안녕하세요."

"반가워요."

"이로써 가우왕에게 친구가 있다는 사실이 밝혀졌군!"

나윤희와 배도빈, 스칼라가 차례로 인사를 나누었다.

예나 브라움은 나윤희 옆에 서 있는 작은 여성을 보고 무척이나 반가워했는데 그녀가 가우왕의 동생이라는 것을 잘 알고 있기 때문이었다.

"이 사람한테 이야기 많이 들었어요. 반가워요."

예나 브라움이 일행과 악수를 나눴듯이 손을 내밀었으나 왕소소는 예나 브라움을 빤히 살필 뿐이었다.

'멀쩡하잖아.'

인상도 그렇지만 잠시 인사를 나누는 모습이 지극히 정상이었다.

어떤 정신 나간 인간이 오빠를 만나나 싶었던 왕소소는 적잖이 놀랐고 또한 다급해졌다.

왕소소가 예나 브라움의 손을 덥썩 잡으며 말했다.

"언니."

"어머."

소소의 태도에 뭔가 실수라도 했나 싶었던 예나 브라움은 그 다정한 목소리에 놀랐다.

그러나 이내 손을 포개며 웃어 보였다.

"반가워. 나만 보고 싶은 줄 알았는데 다행이다."

"너무 보고 싶었어요."

"좀 빨리 만났으면 더 좋았을 텐데. 이이가 소개해 달라고 해도 좀처럼 만나게 해주지 않았거든."

예나 브라움의 말에 소소가 가우왕을 째려보았다.

배도빈과 나윤희는 이 재밌는 상황에 흥미롭게 지켜봤다.

평소 소소의 성격을 생각해 보면 그녀가 얼마나 오빠를 보내버리고 싶어 하는지 알 수 있었다.

간절한 왕소소와 여유 있어 보이는 미인 그리고 두 사람의 대화를 애써 외면하는 사자개의 관계가 어떻게 흘러갈지 참을 수 없었다.

"괜찮으시면 식사 같이하세요."

"고마워요. 마침 저녁 먹으러 나왔거든요."

예나 브라움이 나윤희의 제안을 수락하자 왕소소가 얼른 가우왕 옆자리를 비웠다.

예나는 그 행동에 민망해하면서도 즐거워했고 왕소소에게 고맙다는 뜻으로 눈웃음을 보였다.

일행은 잠시간 일상적인 대화를 나누며 그녀가 어떤 사람인지 알게 되었다.

케임브리지 트리니티 칼리지를 졸업한 예나 브라움은 역사

학자로 활동하는 한편, 모교에서 겸임 교수로 재직 중이었다.

서른다섯의 젊은 나이로 턱없이 빠르게 성공을 거둔 사람이었는데, 그녀가 역사학자라는 걸 알게 된 스칼라는 정체가 들킬 것을 두려워해 되도록 그녀의 눈에 띄지 않으려 입을 닫았다.

서로에 대해 어느 정도 알게 되자 더 이상 궁금증을 참을 수 없었던 배도빈이 나섰다.

"대학 시절에 만났다고 들었어요."

"응. 그때는 지금보다 더 못됐는데 어린 마음에 그게 멋있어 보였던 거지?"

나윤희와 왕소소가 예나의 발언에 흥분했다.

어떻게 보아도 그녀가 가우왕에게 관심이 있다는 게 확실했기 때문이었다.

마침 예나 브라움이 고개를 돌려 가우왕을 보며 물었다.

"어떤데?"

"뭘?"

"그래서 무슨 관계냐고. 우리."

가우왕은 예나의 여유 넘치는 미소를 차마 제대로 대하지 못하고 고개를 돌렸다.

그 반응에 예나 브라움이 나윤희와 왕소소를 보며 두 손을 들었다.

"둘만 있을 때랑 너무 달라. 심하지 않아?"

예나가 말을 마치기도 전에 왕소소가 오빠의 머리를 냅다 때렸다.

아픈 것보다 동생이 자신을 때렸다는 사실에 놀란 가우왕이 머리를 잡고 소소를 노려보았다.

소소도 지지 않고 뭘 잘했냐고 질타하듯 노려보았다.

예나는 즐겁다는 듯이 웃었다.

그러고는 가우왕의 손등에 자신의 손을 얹어 깍지를 끼는데, 가우왕의 얼굴이 잔뜩 붉어져 왕소소와 나윤희의 가슴에 또 한 번 불을 지르고 말았다.

나윤희와 왕소소는 서로 손뼉을 치며 손을 가만히 두지 못했고.

남의 연애사에 조금도 관심 없어 드라마나 영화로도 접하지 않았던 배도빈은 비로소 어머니와 왕소소의 취향을 이해할 수 있었다.

"……가자."

가우왕이 자리에서 일어났다.

그가 예나 브라움의 손을 잡고 이끌자 그녀는 난감해하면서도 일행에게 미안하다는 말을 덧붙였다.

"또 이렇게 막무가내로 나오네. 다음에는 느긋하게 이야기 나누자."

배도빈과 나윤희, 왕소소, 스칼라는 심벌즈를 치는 원숭이

인형처럼 고개를 급히 끄덕였다.

가우왕과 예나 브라움이 떠나고 왕소소는 식욕이 도는지 자신의 몫을 해치우고 두 개의 요리를 더 주문했다.

"두 사람 너무 잘 어울린다."

"응."

"가우왕한테 그런 모습이 있을 줄은 몰랐어요."

"난 알았지."

일행은 가우왕과 예나 브라움에 대해 이야기를 나누며 적당히 시간을 보냈다.

배도빈이 나윤희에게 물었다.

"그러고 보니 찰스는요?"

"레이라 씨를 찾고 있나 봐. 어디에 머무는지도 모르면서 무작정 나가시더라고."

"흐음."

"페터는? 같이 먹으면 좋을 텐데."

"지금은 심사 위원이랑 참가자 입장이니까요. 대회 끝나기 전까지는 만나지 말자고 했어요."

"아, 그러네."

나윤희는 같은 이유로 오랜만에 만나는 파울 리히터도 함께 하지 못할 거로 생각했다.

"료코는?"

왕소소가 물었다.

"녹음 때문에 내일까진 바쁠 거예요. 2라운드 방송 때 쓸 곡."

"잘 됐다."

"응. 잘 됐어."

"좋아하더라고요."

여태 주인공이었던 적이 없었던 나카무라 료코에게 이번 일은 무척 고무적인 일이었고.

그녀가 얼마나 노력해 왔는지 누구보다도 잘 아는 나윤희와 왕소소는 본인 일처럼 기뻐했다.

"다니엘 아저씨가 안 보인다만."

스칼라가 죽이 잘 맞는 다니엘 홀랜드를 찾았다.

"올드 모임. 니아, 파울이랑 같이 술 한잔한대요."

"발그레이 고문님 술 괜찮으실까?"

"적당히 하겠죠."

그렇게 대화를 하던 중.

배도빈이 깜빡한 사람을 떠올렸다.

"타마키는?"

평소 프란츠 페터와 함께 타마키 히로시와 어울리던 스칼라가 어깨를 으쓱였다.

"몸이 안 좋은 모양이더군. 다음 과제에 대한 부담도 느끼는 모양이야."

배도빈이 고개를 끄덕였다.

확실히 괜찮은 실력이었지만 2라운드부터는 압박을 느낄 터였다.

'지금은 무리지. 5~6년 뒤라면 또 모를까.'

타마키 히로시는 비록 쟁쟁한 참가자들에 비해 모자라 보여도 처음 베를린 필하모닉으로 찾아왔을 때와 비교하면 크게 성장해 있었다.

배도빈은 며칠 전 카밀라 앤더슨이 통화 중에 슬쩍 타마키 히로시를 언급한 것을 떠올리며.

그가 지금까지와 같이 노력한다면 그에게 투자하는 것도 나쁘지 않으리라 생각했다.

그렇게 식사도, 대화도 어느 정도 마무리되었을 때 배도빈의 눈에 익숙한 사람이 들어왔다.

"쟤는 왜 또 여기 있어?"

배도빈의 말에 일행이 고개를 돌렸고 그들의 보컬을 발견할 수 있었다.

정신 사나운 머리카락은 입단 후 검게 물들였으나 평소 스타일마저 바꾼 것은 아니라, 일행은 진달래를 금방 알아볼 수 있었다.

강렬한 레드와 블랙의 체크무늬 재킷과 값싼 인조 얼룩무늬 퍼 코트, 굽 높은 구두까지.

그나마 예전처럼 징 박힌 가죽 재킷이나 체인을 걸고 다니지 않아 다행이었다.

"달래야."

나윤희가 손을 들고 흔들며 진달래를 불렀다.

이름을 불린 진달래는 멈칫하더니 주변을 둘러보다가 배도빈 일행을 확인하곤 깜짝 놀라고 말았다.

'나 여기 있는 거 들키면 안 되는데?'

아리엘과 같이할 저녁 식사 거리를 사러 나왔던 진달래는 어쩔 수 없이 배도빈 일행에게 다가갔다.

"휴가 길게 쓰더니 여기 와 있었던 거야?"

나윤희가 의자를 빼주며 살갑게 물었다. 그녀의 친절에 진달래는 마치 자신이 죄를 짓고 있는 것 같았다.

"으, 응."

"푹 쉬어도 될 텐데 휴가 때도 열심히 하잖아. 멋지다."

"……하하. 머, 멋있지?"

진달래가 애써 아무렇지 않은 척했으나 왕소소는 의아함을 감추지 않았다.

"노래도 아니고 작곡 콩쿠르에?"

진달래가 숨을 크게 들이마시고 다급히 답했다.

"어, 다, 다들 노력하는 걸 보면서 나도 힘내는 거지. 어."

"어떤 곡이 나오는지 듣는 것도 공부가 될 거야."

"마, 맞아! 그런 거야!"

진달래는 나윤희의 말에 냉큼 달라붙으며 위기를 넘기고자 했다.

그러나 그녀를 바라보는 날카로운 시선이 모두 거둬진 것은 아니었다.

배도빈이 진달래가 안고 있는 종이봉투를 보며 물었다.

"그건 뭐야?"

"바, 밥이지 뭐긴 뭐야."

"혼자 먹기엔 너무 많은데?"

"다, 다 먹을 수 있어. 이 정도쯤이야."

누가 봐도 2인분 이상이었다.

배도빈이 의심의 눈초리로 살피다가 문득 고개를 돌렸는데, 4인분 요리를 세 접시나 먹어버린 왕소소가 디저트를 고르고 있었다.

'……먹을 수 있구만.'

배도빈이 나름 납득하는 한편 나윤희는 휴가마저 음악과 관련 짓는 진달래를 기특하게 여겼다.

"열심히 하는 것도 좋지만 푹 쉬는 것도 중요해."

"……네."

굳이 속이는 것은 아니었지만 그런 느낌 때문에 죄책감을 느끼는 진달래가 자기도 모르게 존대했고.

나윤희는 그것을 의아히 여기면서도 굳이 지적하지 않았다.

"걔는 잘 지내?"

디저트를 주문한 소소가 진달래에게 아리엘 얀스에 대해 물었다.

"어, 어? 어. 어. 잘 지내지."

소소는 눈을 가늘게 뜨고 진달래를 살폈다. 아무래도 평소와 너무 다른 모습이라 이상하기 짝이 없었다.

"왜 그렇게 당황해?"

"내가? 아니이~ 전혀 아닌데?"

진달래가 고개를 저으며 부정했다.

그 모습이 너무나 과장되어 있어, 지금까지 별생각 없었던 배도빈과 나윤희마저도 이상하게 여길 즘.

스칼라가 입을 열었다.

"같이 다니던 사람이 기다리는 거 아닌가?"

그 말에 진달래의 눈에 지진이 나버렸다.

"같이 온 사람 있었어?"

"어, 아. 으, 응."

진달래는 테이블 아래로 스칼라의 발을 밟았고 통굽에 찍힌 스칼라는 고통에 못 이겨 쓰러지고 말았다.

"아깐 혼자 먹는다며."

배도빈이 다시 한번 종이봉투를 지적했고 소소와 윤희도

고개를 끄덕이며 동조했다.

"이, 이건 혼자 먹는 거 맞아……. 더치. 그래. 더치페이야."

진달래는 최대한 상황을 벗어나려 했으나 이미 모든 행동과 말이 그녀가 무엇을 감추고 있다고 가리켰다.

"아까부터 좀 이상해."

"누구랑 왔는데?"

"수상해."

"끄으으윽."

배도빈, 나윤희, 왕소소, 스칼라의 압박이 이어졌고 진달래는 결국 자리를 박차고 일어났다.

"죄, 죄송해요!"

그러고는 뒤도 돌아보지 않고 뛰어갔는데 남겨진 네 사람은 멍하니 진달래가 사라진 방향을 볼 뿐이었다.

"주문하신 몽블랑입니다."

"아. 고마워요."

이상한 날이었다.

숙소로 돌아온 스칼라는 몇 시간 전 타마키 히로시의 안색이 좋지 않았음을 떠올렸다.

'다음 과제를 위해서라도 빨리 나아야지.'

그는 아픈 친구에게 주려고 산 치킨 수프를 챙겨 타마키 히로시의 방으로 향했다.

"타마키."

문을 두드리며 친구를 불렀으나 타마키 히로시는 나오지도 대답하지도 않았다.

'이상하네. 이 시간에 어디 갔을 리는 없고. 잠들었나?'

스칼라가 다시 한번 문을 두드렸다.

여전히 아무 반응이 없었고 순간 불길한 느낌이 든 그는 치킨 수프를 내려놓곤 배도빈의 방으로 달려갔다.

"배도빈! 배도빈!"

스칼라의 다급한 외침에 배도빈이 문을 열었다.

스칼라는 눈을 크게 뜨고 있었고 다소 숨을 거칠게 내쉬고 있었다.

배도빈은 그 모습에서 뭔가 심상치 않은 일이 일어났음을 직감했다.

"무슨 일이야."

"타마키가 반응이 없어. 아무리 문을 두드려도 나오지 않아."

배도빈이 잠시 생각하다 이내 그러는 시간마저 아까워 실내화를 신은 채 타마키의 방으로 향했다.

그도 스칼라와 같이 문을 두드렸으나 반응이 없었다. 그에게 전화를 거니 안에서 핸드폰 울리는 소리가 났다.

수화벨이 몇 번이 울려도 타마키는 전화를 받지 않았다.

"많이 안 좋았어?"

스칼라가 고개를 끄덕였다.

배도빈은 곧장 그의 비서 죠엘 웨인에게 전화를 걸고 발을 옮겼다.

-네, 보스.

"차 대기시켜요. 가장 가까운 병원으로 갈 거예요. 사람 옮길 인원도 올려 보내세요. 407호입니다."

-네, 알겠습니다.

죠엘 웨인은 배도빈의 다급한 목소리에 군말 않고 대답했다.

엘리베이터에 탄 배도빈과 스칼라는 1층 로비에 도착하자마자 프론트로 달려갔다.

"407호에 머무는 사람이 쓰러진 것 같아요. 문 열어주세요."

귀빈 중의 귀빈 배도빈을 대한 호텔 직원은 난감해하며 고개를 숙였다.

"죄송합니다. 확인 절차 없이 다른 분의 방을 열어드릴 수는……."

"급해요."

직원이 난감해하며 우선 타마키의 방 407호에 내선 전화를 걸었으나 반응이 없었다.

시스템을 통해 카드키가 꽂혀 있는지 확인하려던 차, 배도빈이 테이블을 내려쳤다.

"당장 열어."

직원이 안절부절못하고 다시 한번 내선 전화를 걸려는데 때마침 큰 소리에 나온 팀장이 상황을 파악했다.

"무슨 일이십니까, 마에스트로."

"내 직원이 쓰러졌어. 문 열어. 당장."

팀장이 직원에게 시선을 주었고 그는 체크 리스트를 보이며 확인할 수 있는 사항을 진행하고 있었음을 확인시켜 주었다.

"마에스트로, 확인할 사항이 많지 않으니 잠시만."

"부수기 전에 문 열어."

배도빈의 불같은 성정을 모르지 않거니와 충분히 그러고도 남을 사람이었다.

팀장은 어쩔 수 없이 마스터키를 꺼내 407호로 달렸고 배도빈은 스칼라와 대기하고 있던 베를린 필하모닉 소속의 경호원 둘과 타마키의 방으로 들어섰다.

그저 곤히 잠든 것으로 바랐으나 안 좋은 예상대로 타마키는 화장실 문에 반쯤 걸쳐 쓰러져 있었다.

"타마키!"

스칼라가 깜짝 놀라 그에게 달려들었다가 비정상적으로 높은 체온에 깜짝 놀랐다.

"불덩이야."

배도빈의 입에서 까득 이 갈리는 소리가 났다.

"옮겨요. 빨리."

경호원 중 한 명이 그를 둘러업고 다시 뛰기 시작했다.

로비에 도착한 배도빈에게 직원이 달려와 동의서를 들이밀었다.

그는 신경질적으로 서명을 한 뒤 대기하고 있던 차에 올라탔다.

타마키 히로시는 배도빈의 도움으로 세계적으로도 손에 꼽히는 본 대학 부속 병원 응급실로 들어섰다.

응급실 의사는 타마키 히로시의 상태를 확인하곤 곧장 비번 중이던 교수에게 연락.

급히 불려 나온 담당의는 말초혈액검사와 골수검사를 실시하였다.

그렇게 수 시간 후.

타마키 히로시는 긴 검사를 마치고 무균실에 입원하였다.

그사이 죠엘 웨인은 배도빈의 지시로 그의 가족에게 타마키 히로시가 쓰러졌단 사실을 알렸으며, 그들이 본으로 올 수 있도록 가장 빠른 교통편을 예약해 주었다.

보호자가 없는 탓에 배도빈이 그의 고용주이자 보호자 자격으로 타마키를 진단한 의사와 면담을 가졌다.

"골수형성 이상증후군을 동반한 급성 골수성 백혈병입니다."

"……네?"

배도빈은 귀를 의심했다.

"어제까지만 해도 멀쩡했어요."

의사가 검사 결과를 보며 신음하다 입을 열었다.

"혹시 짐작 가는 일 없으십니까?"

그 순간 배도빈의 머리를 스치는 일이 있었다.

의사가 작게 숨을 내쉬고 설명했다.

"최근 도쿄 올림픽에 참가했던 선수들에게서도 비슷한 일이 발발하고 있습니다."

"5년 전 일이……."

"보통 그때부터 증상이 나타나기 시작하죠. 5년에서 10년. 일본에 거주했다면 2011년 이후 간접적으로 영향을 받았을 겁니다. 다만 그것만이 원인이라고는 단정할 수 없죠."

충격적인 말이었으나 지금은 이유보다 해결을 우선해야 할 때였다.

"치료. 치료 방법은 있겠죠?"

"이식하는 방법이 있죠. 조혈모세포 공여자가 없다면 관해

유도 항암요법이나 비다자 같은 방법도 있습니다. 어떻게든 노력해 봐야죠."

배도빈은 의사가 치료라는 말을 의도적으로 피하고 있음을 알 수 있었다.

"힘듭니까?"

"현실적으로 그렇습니다. 이식한다 해도 생존율이 높지 않고 공여자가 없다면 더더욱 문제가 되죠. 더군다나 이 환자의 경우 상태가 좋지 않습니다. 한시라도 빨리, 할 수 있는 일을 해야겠죠. ……누구도 후회하고 싶진 않으니까요."

의사의 말은 회의적이었다.

어떻게든 희망을 주고자 하나 결국에는 절망적인 상황을 돌려 말하고 있었다.

배도빈은 진료실을 나서서 대기석에 앉았다. 타마키 히로시의 평소 모습이 떠올랐다.

악보 뭉치를 들고 나타나 무작정 받아달라고 했던 그는 미숙했으나 열정만큼은 인정해 줄 만했다.

어린이 타악 교실 강사로 있으면서도 꾸준히 악보를 보여주어 귀찮게 했다.

실력이 느는 속도는 느리고 타인을 혹하게 만드는 재주는 없었으나 돌이켜보니 어느새 그 가혹하다는 베토벤 기념 콩쿠르에서 8강에 들었다.

'⋯⋯알고 있었나.'

그는 이번 대회에서 무척 다급한 모습을 보여주었다. 아니, 생각해 보면 베를린에 왔을 때 이미 조급해 보였다.

무리라는 것을 알면서도 어떻게든 살아남기 위해 할 수 있는 모든 것을 했다.

배도빈은 어쩌면 타마키 히로시가 자신의 몸 상태가 좋지 않음을 예감하고 있었을지도 모른다고 생각하며 눈을 감았다.

눈을 떠보니 병원이다.

대체 얼마나 누워 있었던 건지 온몸이 뻐근하고 힘이 없다.

주변을 둘러보니 영화에서나 보았던 환경. 온통 하얀 병실에는 가습기가 돌아가고 있었고 팔에는 바늘이 꽂혀 있다.

결국엔 이렇게 되었구나.

'멍청했어.'

일본을 벗어난 뒤에야 무엇이 잘못되었는지, 그간 얼마나 멍청하게 살았는지 알 수 있었다.

해외에서는 연일 일본의 방사선에 대해 보도하는데 정작 일본에 살고 있던 나는 괜찮다는 이야기만 들었다.

멍청하게도 비상식적으로 높인 방사선 기준점을 믿고 아무 문제 없다고 믿었다.

그렇게 괜찮겠지 생각하며 지냈거늘. 얼마 전, 베토벤 기념 콩쿠르에 참가하기 며칠 전부터 몸이 이상해지기 시작했다.

애써 잊으려던 불안이 싹을 틔웠음에도 확인하려 하지 않았다.

무서웠다.

결국 이렇게 될 것을 알고 있었으면서도 애써 부정했으니 정말, 끝까지 미련한 놈이다.

아직 하고 싶은 일이 많은데.

'콩쿠르.'

순간 정신이 들어 왼손에 놓여 있던 버튼을 눌렀다.

이내 의사와 간호사가 투명한 비닐 커튼 밖으로 모습을 보였다.

"히로시 타마키 씨, 몇 가지 질문부터 하겠습니다."

오랜 혼수 뒤에는 기억이 있는지 확인하는 질문부터 한다고 어떤 책에서 본 것 같긴 하다.

"그보다."

"네?"

"콩쿠르는 어떻게 되었나요?"

의사는 대답하지 못하고 고개를 돌려 간호사에게 시선을 주었다. 그녀가 밖으로 나서자 다시 입을 열었다.

"가족분 와 계세요. 호출해 두었으니 곧 오실 겁니다."

어머니도 오신 건가.

이 꼴로, 무슨 면목으로 뵙지.

"선생님, 씻는 건 되겠죠?"

"히로시 씨, 지금은."

"부탁이에요."

의사의 부축을 받아 병실 안에 마련된 세면대로 향했다. 며칠 누워 있었다고 야위고 꾀죄죄하다.

얼굴에 물을 묻히고 양치를 했다.

"면도 하고 싶은데요."

면도기를 찾으니 상처가 날 우려가 있다며 전동 면도기를 주었다. 한 번도 써 보지 않았는데, 역시 직접 하는 것처럼 깔끔하게 되진 않는다.

그것만으로 지치고 말았다.

머리도 감고 싶었지만 어쩔 수 없이 적당히 넘기고 다시 침대에 누웠다.

턱까지 차오른 숨을 달래고 입을 열었다.

"이제 됐어요."

의사가 호출 버튼을 누르자.

그와 같은 차림의 두 사람이 들어섰다. 마스크까지 하고 있어도 한눈에 알아볼 수 있었다.

그래서.

절대 흘리지 않으려던 눈물이 나오고 말았다.

손을 잡으시고 더듬더듬 손목과 팔꿈치 어깨를 지나 얼굴로 다가온 손.

"히로시……."

어머니는 내 이름을 부르시곤 아무 말도 못 하셨다. 그저 흐느끼실 뿐.

나도 어머니를 부르는 것 외에는 아무 말도 할 수 없었다.

베토벤 기념 콩쿠르 2라운드 두 번째 날이 저물었다.

배도빈은 타마키 히로시가 정신을 차렸다는 소식에 급히 병원으로 향했고 특별히 면회 시간을 조정해 그를 만날 수 있었다.

타마키는 배도빈을 보며 웃었다.

"배도빈이 날 위해 달려오다니 기분 좋은데?"

어색함을 풀어보고자 한 농담이었으나 웃을 수 있을 리 없었다.

"어때."

"아직은 잘 모르겠어. 괜찮아졌다가 다시 아팠다가 그럴 거래."

배도빈은 비닐 커튼 밖에 앉아 그를 바라볼 뿐이었다.

"고마워. 너 아니었으면 큰일 날 뻔했다며."

"신경 쓰지 마."

"어떻게 그러냐. 고맙다."

숨을 크게 내쉰 타마키가 다시 미소 지었다.

"2라운드 과제는 뭐야?"

"일주일 안에 곡 쓰기. 소나타 형식에 맞춰야 해."

"인제 와서 새 곡을 쓰라고? 너무하네."

배도빈이 어쩔 수 없이 쓸쓸히 입가를 올렸다.

"지금부터 준비하려면 꽤 부지런히 해야겠어. 남들보다 이틀이나 늦었으니까."

배도빈이 눈썹을 좁혔다.

"무슨 말이야?"

"무슨 말이긴. 이제 5일밖에 안 남았다며."

타마키 히로시의 당당한 태도에 배도빈은 고개를 저었다.

"치료부터 해. 그 몸으로 뭘 한다는 거야."

"그러니까 부탁 좀 하자. 나 여기서 곡 쓰게 해주면 안 될까?"

"치료 들어가면 제정신 유지하는 것만으로도 벅차. 낫기만 해. 아무 생각도 하지 말고."

배도빈의 거듭된 설득에 타마키 히로시가 잠시 입을 닫고 그를 바라보았다.

간격을 길게 두고 나서야.

입을 열었다.

"힘들다는 거 알잖아."

"가능성이 없는 것도 아니야. 할 수 있는 일이 하나라도 있으면 걸어야지."

"어머니랑도 불일치라고 들었어."

"혈연 관계가 아니라도 맞는 사람이 있을 수 있어."

"남은 시간이 얼마 없대잖아."

"이식 말고도 방법이 있다고 했어! 여기서 안 되면 사카모토가 입원했던 곳으로 가면 돼. 사카모토도 죽는다고 했는데 지금 잘 살고 있잖아."

타마키 히로시는 고개를 저었다.

"아닌 거 알아. 오전에 어머니하고 같이 들었어."

"……."

"부탁해."

배도빈이 답하지 않자 타마키 히로시가 멋쩍게 웃으며 물었다.

"설마 벌써 실격된 건 아니지?"

배도빈은 또다시 답하지 않았다.

타마키의 목소리가 떨리기 시작했다.

"제발. 나 나가고 싶어."

"말도 안 되는 소리 마. 그 몸으로 뭘 하겠다는 거야?"

"할 수 있어. 사카모토 선생님도 병실에서 썼다며!"

"너는!"

배도빈이 말을 삼켰다.

사카모토 료이치는 시간을 두고 점차 악화되었으나 타마키 히로시의 경우는 달랐다.

그야말로 급성.

그가 알고 있는 대로 남은 시간이 얼마 없었다.

언제 죽어도 이상하지 않은 상황에서, 어쩌면 제정신을 유지할 수 있는 시간은 오늘이 마지막일 수도 있었다.

그래서 차마 그 사실을 입에 담을 수 없었다.

타마키 히로시도 배도빈이 무엇을 말하려다 참았는지 알 수 있었다.

"……그래. 시간이 없어."

"……."

시계가 도는 소리만이 남았다.

배도빈은 장래가 유망한 음악가의 바람을 들어줘야 하는지, 아니면 그를 치료할 수 있는 수단은 모두 시도해야 하는지 판단할 수 없었다.

"하고 싶어."

타마키 히로시가 잠긴 목소리가 겨우 입을 열자 배도빈이 고개를 들었다.

"음악. 하고 싶다고."

타마키가 침을 삼켰다. 그 행위조차도 큰 고통이었다.

"그러니까 남은 시간만이라도. 사람들 앞에 들려줄 수 있게 해줘. 부탁이야."

"……."

"너라도 그럴 거잖아."

타마키의 말에 배도빈은 2세기 전을 떠올렸다. 죽기 직전에도 악보를 곁에 두고 있었던 당시의 마음을 너무도 잘 기억하고 있었기에.

결코 잊을 수 없었기에.

그는 어쩔 수 없이 고개를 끄덕였다.

♪

베토벤 기념 콩쿠르 2라운드 3일 차.

시청자들은 '거장의 선택'을 통해 모든 참가자가 어떻게 작업하는지, 심사 위원들로부터 어떤 조언을 받는지 지켜볼 수 있었다.

1라운드 이후 가장 주목받게 된 레이라와 배도빈의 제자 프란츠 페터를 비롯한 일곱 명의 참가자가 저마다의 방식으로 곡을 만들어가고 있었다.

그들 모두 처음부터 곡을 쓰는 게 아니라 수많은 파편을 조금씩 모으고 고치고 위치를 바꾸는 행위를 거듭하였는데.

사람마다 차이는 있었지만 스스로 만든 퍼즐 조각을 맞추는 모습과 유사했다.

그 과정을 본 적 없었던 시청자들은 작곡 과정을 신선하게 바라보았다.

ㄴ처음부터 쓰는 게 아니네?

ㄴ그러게. 이것저것 되게 많이 만들어놓고 배치하는구나.

ㄴ주제를 표현하는 음이나 멜로디, 전개부를 생각해 두고 계속 바꾸네. 위치도 음계도.

ㄴ보통은 저런 작업 뒤에야 완성도가 생기지.

ㄴ맞아. 베토벤도 악보 수정 엄청 해댔잖아.

ㄴ슈베르트는 깨끗한데?

ㄴ종이 살 돈이 없어서 머릿속에서 생각 다 마친 뒤에야 옮겨 적었다고 함.

ㄴ그럼 슈베르트가 더 천재임?

ㄴ그럼은 무슨 그럼이야. 생각하는 수준하곤.

ㄴ능지처참.

ㄴ그런 사람도 있고 처음부터 쓰는 사람도 있음. 결국 자기 마음이지.

ㄴㅇㅇ 어떤 과정을 거치든 완성된 게 중요하지.

ㄴ미술이나 글도 마찬가지임. 여러 장면 생각해 두고 나중에 짜깁기

하는 사람도 있고 쭉 쓰는 사람도 있고 심지어 한 문장 안에서도 단어별로 옮기기도 함.

    ㄴ맞아. 그림도 걍 여기 그리다 저기 그리다 하는 사람도 있더라. 학원에서는 기준부터 잡으라고 하는데.

    그렇게 오늘 방영분이 끝나갈 즈음 화면이 전환되었다.

    익숙한 세트장이 아닌 어두운 배경에 정장 차림을 한 동양 남성이 웃으며 인사했다.

    타마키 히로시였다.

    시청자들의 머리에 의문이 가득 차올랐다.

    화면 하단에 자막이 떠오르며 타마키 히로시가 입을 열었다.

    -안녕하세요, 거장의 선택 시청자 여러분. 참가자 타마키 히로시입니다. 개인적인 사정 때문에 세트장에 있을 수 없어, 이렇게 따로 인사드리게 되었습니다.

    타마키 히로시의 발언에 시청자들의 저마다의 반응을 내었다.

    ㄴ어느 순간 안 보이길래 탈락인 줄 알았는데.

    ㄴ찰스 왕자님 치질하고 찌질한 모습만 보여주다가도 바이올린 연주하거나 악보 쓰는 모습만 보면 왜 이렇게 멋있어 ㅠㅠ 빛이야. 그저 빛.

    ㄴ타마키? 잘 기억이 안 나네.

    ㄴ프란츠 귀여워······.

┕갑자기 안 보여서 걱정했는데 어디 몸이라도 아픈 거 아냐?

┕정체를 밝혀라, 레이라!

┕지금 세트장에 없는 거야?

-같은 환경에서 참가할 수 없어 다른 참가자분들께 죄송할 따름입니다. 이유를 밝힐 수는 없지만 꼭 정정당당히 여러분과 경쟁할 거라고 약속드립니다. 시청자 여러분께서도 많이 응원해 주셨으면 합니다. 감사합니다.

┕오늘도 푸르트벵글러랑 토스카니니는 잔인했습니다.

┕정말ㅋㅋㅋㅋ 도빈이까지 뭐라 하니까 다들 정신 못 차리는 거 너무 안쓰러운 것 ㅠㅠ

┕무슨 일인지 밝히지도 못하면서 따로 작업하겠다?

┕레이라 가면 벗어라아!

┕공정하지가 않잖아.

┕안색이 별로 안 좋은 거 같은데.

┕어차피 우승은 레이라 VS 프란츠

┕어차피 곡 쓰는 일인데 어디서 작업하든 무슨 상관? 애초에 관심도 없었음.

┕저 대회에 특혜가 생길 리가 없지. 도빈이가 어련히 잘하겠어.

┕우리 치찔이 예쁜 얼굴 좀 많이 보여주세요 ㅠㅠ

스칼라와 타마키 히로시는 미리 녹화해 두었던 영상이 어떤 반응을 보이는지 확인하였다.

시청자들의 반응은 냉담했다.

채팅창은 타마키 히로시에 대한 반응보다 다른 인물들에 대한 이야기로 채워져 있었다.

애초에 크게 알려진 인물도 아니었으며 더군다나 베토벤 기념 콩쿠르에는 스타성을 갖춘 인물이 너무도 많았다.

일본 출신의 미성숙한 음악가가 주목받기에는 터무니없이 높은 무대.

타마키 히로시가 이르고 싶었던 그곳은 아직도 저 높고 먼 하늘에서 빛나고 있었다.

"정말 이걸로 만족하냐."

"응."

스칼라의 질문에 타마키가 고개를 끄덕였다.

시한부라는 걸 알려서 관심을 받다니.

끔찍했다.

유명세를 얻고 싶었지만 음악이 아닌 다른 방법으로 그러고 싶지는 않았다.

'아마도 이게 마지막.'

타마키 히로시는 알고 있었다.

지금 쓰고 있는 악보가 자신이 남길 마지막 곡이라는 것.

이것마저 알려지지 않는다면 타마키 히로시라는 음악가가 살아 있었음을 증명하는 것이 아무것도 남지 않는다는 것을 피부로 느끼고 있었다.

"좀 피곤하다."

"아. 미안. 자. 내일 또 올게."

"아니. 오지 않아도 돼."

스칼라가 고개를 돌려 타마키 히로시를 보았다.

타마키 히로시는 고개를 끄덕여 보였다.

찾아와 주어서 얼마나 고마운지 몰랐다. 아마 스칼라가 와주지 않았다면 오늘도 사무치는 고독과 또 싸워야 했을 터였다.

그러나 시간이 없었다.

타마키 히로시는 남은 시간을 최대한 자신을 위해 쓰고 싶었다. 그래야만 했다. 그러고도 부족했다.

저 멀리 창공에 이르길 바라지만 가는 길이 너무 멀고 험난하여 얼마간의 시간으로는 턱없이 부족했다.

"……그래. 알겠어."

스칼라는 타마키의 마음을 짐작하고 병실을 나섰다.

홀로 남은 타마키는 다시 펜을 들었다.

더는 아무것도 생각하고 싶지 않았다. 모든 것을 쏟아부어도 확실치 않았기에 뒷일을 걱정하는 시간마저 아까웠다.

그러나 갑자기 곡이 잘 쓰일 리 없었다.

앉아 있는 것만으로도 쉽게 지치는 탓에 그의 악보는 땀방울로 얼룩졌다.

타마키는 땀을 훔치고 다시 악보를 들여다보았다.

다시 땀방울이 떨어졌다.

닦아내도 닦아내도 자꾸만 떨어졌다.

이제 악보도.

그에게 허락된 유일한 공간도 모두 땀에 빠져, 물속에 빠진 것처럼 일렁거렸다.

그의 눈에 차오른 눈물이.

그런 착각을 일으켰다.

2025년 12월은 루키의 달이었다.

베토벤 기념 콩쿠르를 통해 일약 유명인사가 된 프란츠 페터와 레이라는 물론.

배도빈의 파트너로 참가, 2라운드 오프닝곡을 녹음한 나카무라 료코도 성숙한 연주를 들려주며 대중의 사랑을 받았다.

배도빈 비올라 소나타 D단조는 비올라가 수수한 악기라는 편견을 단번에 종식시키는 격렬한 곡이었고 나카무라 료코의 연주는 그에 훌륭히 부응하였다.

언론, 평단, 시청자들도 배도빈이 도중에 참가자 자격을 포기하여 정말 다행이라 여기며 2라운드 진출자들을 살폈다.

이렇게 훌륭한 음악가들이 배도빈이 있었다면 주목받지 못했을 수도 있었을 거라 생각하니.

그의 위상이 새삼스레 느껴졌다.

시청만으로는 만족하지 못해 방청석을 찾은 이들 중 한 무리가 그에 관한 이야기를 나누었다.

"그러니까. 진짜 이렇게 멋진 사람들이 있는 줄 왜 몰랐지?"

"그런 사람들 조명하려고 만든 콩쿠르잖아. 지금이라도 알아서 다행이지."

"하긴. 아아, 대체 누굴 응원해야 해?"

"난 페터! 엄청 힘들게 살았나 봐. 크리크 국제 콩쿠르 우승할 땐 피아노가 없어서 종이에다 그려서 연습했대."

"진짜 말도 안 되지. 배도빈이 제자로 들일 만도 해."

"난 레이라가 누군지 너무 궁금하던데. 지금 다른 사람들은 다 정체 밝혀졌는데 그 사람만 누군지 모르잖아."

"누가 아리엘 얀스 아니냐고 하더라."

"에이. 그럼 심사 위원들이 못 알아볼 리가. 도빈이도 금방 알아봤잖아."

"하긴 또 그러네?"

"그때 푸르트벵글러랑 도빈이 싸우는 거 진짜 개웃겼는데. 킥킥킥킥."

"뉴튜브에 푸르트벵글러랑 배도빈 싸우는 장면 모아둔 영상도 있더라. 기자회견 할 때마다 싸움."

"악항학항학학. 맞아. 맞아."

"근데 진짜 누가 우승할까?"

"솔직히 모르겠어. 누굴 응원해야 하는지도 모르겠고."

"나두. 나이 먹고 자기 자리 찾으려는 파울도 응원하고 싶고 장애 딛고 다시 시작한 니아도 응원하고 싶고."

"박준수라고 한국 사람도 장난 아니더라. 콩쿠르 출전만 마흔 번이 넘는데 한 번도 결승 못 갔다며."

"제니 헤트니도 멋있더라. 나미비아라고 되게 척박한 곳 출신인데 거기서는 클래식 음악 하는 사람이 거의 없대."

"나도 그 이야기 봤어. 도빈 재단 덕분에 공부할 수 있었다던데."

"응. 응."

"하아. 진짜 자기 이야기 없는 사람이 없네. 다들 열심히 사는 거 같고 나만 생각 없는 거 같아."

"너만 그러냐? 난 당장 저번 학기 학사경고 맞음."

"히익. 대박. 너랑 친구라는 게 수치스러워."

"뭐!"

"하하하. 농담. 농담이야."

"타마키? 그 일본 사람은 어떻게 생각해?"

"아. 따로 참가한다는 사람?"

"응."

"글쎄. 솔직히 다른 사람들은 다들 자기 이야기나 그런 게 확실한데 좀 밋밋하다고 해야 하나."

"음악도 별로 특별하지 않고."

"페터가 우승해야 한다고!"

음대생들의 대화와 마찬가지로 '거장의 선택'을 지켜보는 시선은 어느 한쪽으로 치우치지 않았다.

모든 참가자가 각자의 이유를 가지고 본인의 목표를 이루기 위해 최선을 다했다.

그 결과물 역시 세계 최고의 음악가 6인으로부터 인정받을 정도로 훌륭하니 팬들은 누구를 응원해야 할지 알 수 없었다.

그러한 상황 속에서 2라운드 과제 발표일은 점점 다가왔고.

항암 치료를 시작한 타마키 히로시는 점차 쇠약해지고 있었다.

타마키 히로시는 하루에도 몇 번씩 속을 게워내면서도 억지로 밥을 먹었다.

어머니는 그런 아들을 보며 가슴을 쥐었다.

"병원 밥은 맛없을 줄 알았는데 먹을 만한데요?"

타마키 히로시의 말에 어머니는 고개를 끄덕였다.

곡을 쓰려면 체력이 있어야 한다며 토할 것을 알면서도 꾸역꾸역 음식을 삼키는 아들.

그런 아들에게 아주 작은 도움이라도 주고 싶었으나 현실은 녹록지 않았다.

그녀가 할 수 있는 일은 그저 바라보고 응원하는 것뿐이었다.

그때 숟가락을 들고 있던 타마키의 손이 멈추었다.

없는 식욕에도 억지로 넣었던 음식물이 당장에라도 올라올 것 같았다.

어떻게든 버티려 했으나 이내 구토감을 참지 못하고 속을 게웠다.

어머니는 휴지통을 감싸고 있던 아들 곁으로 다가가 등을 쓸었다.

생지옥이 이러할까.

한참을 그러고 고개를 든 타마키는 입에 물을 머금고 잔여물을 마저 뱉어냈다.

어머니는 아들의 입가를 닦아주었다.

"그만 먹을래?"

"아뇨. 안 먹으면 더 힘들어진대요. 괜찮아요."

타마키가 다시 수저를 들었다.

방금 토했으면서도 다시 한번 음식물을 밀어 넣는 아들의 모습에 어머니의 가슴은 새까맣게 타들어 갔다.

씩씩한 모습이 고마웠지만 그 행동이 얼마나 고되고 가혹한지 알기에 차라리 대신 앓고 싶었다.

결국 두 시간이나 걸려 식사를 한 타마키 히로시는 거의 탈진하여 반쯤 누웠다.

"좀 잘래?"

"아뇨. 며칠 안 남아서 서둘러야 해요. 내일은 계속 잘지도 모르니까."

충분히 힘들 텐데.

견디는 것조차 버거울 텐데.

어머니는 다시 몸을 일으켜 악보와 펜을 챙기는 아들에게 포기하자고 말하고 싶었다.

일단 몸부터 낫고 생각하자고 하고 싶었다.

그랬었다.

그러나 아들의 대답을 들은 후로는 그런 말을 꺼낼 수 없었다.

'사실 무서워요.'

'더 무서운 건 이렇게나 열심히 했는데 아무도 절 기억 못 해 주는 거예요.'

'저한테는 이것밖에 없는데.'

아들은 베토벤 기념 콩쿠르를 마지막 기회로 여기고 있었다.

치료가 어렵다는 사실을 듣고 단 한 번도 눈물을 보인 적 없었다.

그런 시간마저 아깝다고 여기는지 씩씩하게 마지막을 준비했다.

"그럼 엄마 이거 내놓고 산책 좀 하다 올게."

"네."

식판을 들고 밖으로 나선 타마키 히로시의 어머니는 복도로 나서자마자 그대로 주저앉아 버렸다.

"히로시. 히로시……."

다음 날.

병원을 찾은 배도빈은 담당의부터 찾아 타마키 히로시의 상태를 확인했다.

"환자의 의지가 굳습니다. 쉽지 않은 일인데 식사도 잘하고 계시고요."

그러나 차도가 있다는 말은 들을 수 없었다.

"많이 안 좋나요."

의사는 고개를 무겁게 끄덕였다.

"현재 시행하고 있는 방법으로는 10에서 15퍼센트 정도의 환자만이 완치되었습니다."

"이식은."

"최대한 노력하고 있습니다."

배도빈이 주먹을 꽉 쥐었다.

유일한 희망인 조혈모세포 이식 수술조차 완치 확률이 높지 못하며 더군다나 재발 확률도 높았다.

재발하게 되면 대부분이 사망.

그럼에도 가능성이 있다면 모든 일을 다 해보고자 했다.

타마키 히로시의 모친 타마키 준코를 설득해 모든 비용을 베를린 필하모닉이 부담하였고.

배도빈이 동원할 수 있는 모든 역량을 다하여 방법을 찾았으나 현재로서는 별 다른 방도가 없었다.

"알겠습니다. 그럼."

면담을 끝내고 나온 배도빈이 타마키 히로시의 모친 타마키 준코를 찾았다.

병실 앞에 앉아 있던 타마키 준코는 배도빈이 다가가자 자리를 내어주었다.

"타마키는……."

"항암 치료 받으러 갔어요."

배도빈이 고개를 작게 끄덕였다.

섣불리 위로의 말을 건넬 수도 없었다.

응원하는 것조차 조심스러워 묵묵히 자리를 지키던 중 타마키 준코가 먼저 입을 열었다.

"히로시가 베를린 필하모닉에서 일한다고 했을 때는 깜짝 놀랐어요. 갑자기 독일에 갔다고 해서 농담하는 줄 알았거든요."

배도빈도 갑작스럽게 여겼던 일인데, 지금 보니 어머니께도 말하지 않고 왔던 모양.

배도빈이 작게 웃었다.

"그리고. 줄곧 당신과 사이가 안 좋은 줄 알았거든요."

"……."

"부모로서 잘 타일렀어야 했는데, 너무 관심이 없었나 봐요."

그녀는 손을 모은 채 고개를 숙이고 있었다.

"아이 아빠가 일찍 죽었거든요. 히로시가 음악을 하려면 돈이 필요했고 정말 안 해본 일이 없었어요. 그래서 히로시를 도와주겠다고 한 그들이 나쁜 사람일 거라고는 생각도 못 했어요. 저로서는 상상도 못 할 일을 해주었거든요."

타마키 준코는 십 년도 더 지난 일을 회상하고 있었다.

배도빈은 그녀의 말을 온전히 이해할 수 없었지만 묵묵히 자리를 지켜주었다.

"그 사람들이 피아노를 사주었을 때 히로시가 얼마나 좋아했는지 몰라요. 아래층에 사는 사람이 올라올 정도로 뛰어다녔죠."

준코는 행복했던 당시를 떠올리며 작게 웃었다.

"저도 기뻤어요. 시끄러워서 올라오신 분께 고개를 숙이면서도 히로시가 정말 좋은 분을 만났구나. 그런 분들이 높이 살 만큼 재능 있는 아이구나. 열심히 했구나 싶었어요."

배도빈이 고개를 끄덕였다.

"그렇게 몇 년이 흐르고 몇몇 대회에서 우승도 했어요. 일본 에서는 히로시를 천재라고 해줬고 종종 당신과 비교했죠. 그 때는 그저 우리 아들이 그렇게 대단한가 싶었죠. 대견할 뿐이 었어요. 저, 음악에 대해서는 정말 아무것도 모르거든요."

"……."

"그런데, 그런데 그게 아니었어요."

지금부터는 배도빈은 얼핏 아는 이야기였다.

일본 내에서 배도빈 광풍이 불자, 일본 클래식 음악 협회에 서는 그에 대항하기 위해 새로운 인물을 물색했고 그것이 타 마키 히로시였다.

배도빈은 타마키와 재회하면서 제1회 크리크 국제 피아노 콩쿠르 때의 그를 기억할 수 있었다.

건방지고 거만한 아이였다.

지금과는 전혀 다른.

"비록 좋은 결과는 얻지 못했지만 히로시는 돌아와서 정말 열심히 노력했어요. 그때부터 조금 달라졌던 것 같기도 해요. 당신에 대해 안 좋게만 말했던 그 아이가 당신의 앨범을 듣기 시작했거든요."

"……."

"하지만 그들에게는 한 번의 실패가 용납되지 않나 봐요. 히로시에 대한 지원은 조금씩 줄어들었어요. 하지만 굴하지 않고 열심히 하는 아들을 어느 부모가 내버려 둘 수 있을까요. 더 열심히 일했어요. 도움받지 않아도 히로시가 하고 싶은 걸 해줄 수 있게."

배도빈은 이 작은 체구의 여성이 얼마나 많은 일을 감당했을지 짐작할 수 없었다.

분명 말로는 차마 다할 수 없는 일을 겪었으리라.

그리 생각할 뿐이었다.

"다행히 벌이가 괜찮아졌어요. 레슨비는 여전히 부담스러웠지만 히로시의 피아노가 점점 듣기 좋아졌거든요. 꼭 당신처럼 쇼팽 콩쿠르에서 우승할 거라고 매일 밤 다짐하듯 제게 약속했죠."

준코가 고개를 더 숙였다.

"그런데 사고가 났어요. 손이라면 끔찍하게 여기는 아이인데, 저 때문에."

"……."

"제가 그 아이의 미래를 빼앗은 거예요."

배도빈은 그때의 상황을 알지 못했다. 흐느끼는 타마키 준코에게 무슨 일이 있었는지 물을 수도 없었다.

손수건을 꺼내 그녀가 눈물을 닦을 수 있게 하는 것만이 최선이었다.

얼마 뒤.

겨우 진정한 타마키 준코가 어색하게 웃으며 말했다.

"미안해요. 나이 먹고 주책만 늘어서……."

"아뇨. 타마키에 대해 잘 알 수 있어서 좋았어요. 더 듣고 싶어요."

타마키 준코는 눈물을 훔치고 고개를 끄덕이는 배도빈을 바라보았다.

"고마워요."

"해야 할 일을 할 뿐이에요."

"……그들이 그렇게 못된 사람들인 줄은 몰랐어요. 히로시를 이용해서 당신에 대한 안 좋은 이야기를 퍼뜨리고. 히로시가 쓸모없어지니 버린 그들을. 그들을…… 저는 용서할 수 없어요."

중년 여성의 가슴에 사무친 원통함이 떨리는 목소리에 담겨 있었다.

배도빈은 힘없는 사람의 한을 그대로 느낄 수 있었다.

"그런데 히로시가 어느 날 말하더라고요. 피아노를 못 치면 자기가 치고 싶은 곡을 쓰면 된다고. 도와달라고 했어요."

"……."

"저는 그 사고에서 히로시를 지켜주지 못한 걸 후회하고. 히로시를 버린 협회 사람들에게 어떻게 복수할지만 생각했는데.
히로시는 아니었어요. 자기가 할 수 있는 걸 찾아서 어떻게든
계속 음악을 하려고 했어요."

"……."

"도와달라는 말이 그렇게 고마울 수 없었어요. 나도 아들한
테 도움이 될 수 있구나. 도와줄 수 있구나. 그래, 무엇이든 해
주자. 그렇게 생각했어요."

"……."

"남들에게는 협회의 도움이나 받아 제 분수를 몰랐던 아이
였지만 제게는. 제게는 그렇게 대견한 아들이었답니다."

준코는 다시금 눈물을 쏟았다.

배도빈도 타마키 모자의 이야기에 눈을 감고 애써 눈물을
삼켰다.

모든 것을 잃고도 음악을 하려고 발버둥 친 히로시와 비록
가진 것이 없어도 아들을 위해 많은 것을 해냈던 준코.

배도빈은 오래전 그가 본에 살았을 때를 떠올리며 눈물을
흘렸다.

얼마나 흘렀을까.

오랜 침묵을 깨고 배도빈이 입을 열었다.

"타마키는 재능 있는 음악가입니다."

배도빈의 말에 준코가 고개를 들었다.

"아직 곡을 다듬는 법도 능숙하게 악상을 잇는 법도 부족하지만 분명 재능 있는 음악가입니다."

일본 내에서 만들어진 천재라며 수없이 많은 욕설을 들어야만 했던.

그래서 상처투성이로 남은 가슴이 처음으로 치유 받은 듯했다.

다름 아닌 최고의 음악가로 불리는 남자가 거짓이 아니라고 아들이 훌륭한 음악가라고 말하지 않는가.

"다른 일은 모두 베를린 필하모닉에 맡기시고 어머님은 타마키 곁을 지켜주세요."

"하지만……."

"제가 개인적으로 돕는 게 아니에요. 베를린 필하모닉의 직원 복지입니다."

계약직 직원에게 수억 원의 치료비를 내주는 규정이 있을 리 없었다.

그저 타마키 준코가 아들의 병환 외의 다른 일로 더 힘들어지는 것을, 그 때문에 타마키 히로시가 삶을 포기하는 것을 걱정할 뿐이었다.

때마침.

치료를 마치고 정신을 잃은 타마키 히로시가 의료진에 의해 옮겨지고 있었다.

아들을 발견한 준코는 발을 동동 구르며 그 모습을 지켜보았다.

배도빈은 오늘은 면회가 어렵다고 생각하며 준코를 위로한 뒤 귀가하였다.

♪

대충 이야기는 들었지만 이렇게까지 힘들 줄은 몰랐다.

온몸이 욱신거리고 앉아 있는 것마저 버겁다. 의식도 온전치 못하다.

아무리 기를 쓰고 악상을 떠올리려 해도 정신을 차리고 보면 몇 시간이 흘러가 있다.

시간이 없는데.

'아니야.'

이런 생각을 하는 시간조차 아깝다.

집중하자.

언젠가는 꼭 만들 거라고 생각했던 곡을 완성할 때다.

가능하다면 더 많은 것을 보고 듣고 배운 뒤에 쓰고 싶었지만.

피아노를 쳤던 시절을 떠올리며 펜을 들었다.

얼마 지나지도 않았건만.

단 한 마디를 썼을 뿐인데 또다시 통증이 밀려든다.

이것이 병 때문인지 항암 치료 때문인지 이제는 알 도리가 없다.

이럴 거라면 차라리 단 며칠만이라도 온전한 상태에서 곡을 쓰고 싶다.

이런 상태에서 조금 더 연명한다 해도 곡을 쓸 수는 없을 테니까.

'아니야.'

또 다른 생각에 빠져 버렸다.

아무리 마음을 다잡으려 해도 때때로 치미는 통증에 흔들리고 만다.

치고 싶었던 음악을 떠올리면 조금 나아진다.

막연하게 잡힐 듯이 잡히지 않았던 그것은 뿌연 안개 뒤에 숨어 윤곽조차 명확하지 않다.

지금으로서는 그것을 온전히 표현할 수 없는데.

지금 내 실력으로는 그 이상의 곡을 악보로 옮길 자신이 없는데 그래야만 한다.

정신이라도 온전했으면.

"제기랄."

겨우 이 정도뿐이었나.

아무리 생각하려 해도 만족스러운 악상이 떠오르지 않는다. 이 허술하고 미숙한 악보를 마지막 곡으로 하고 싶진 않다.

생을 앗아가도 좋다.

제발.

단 한 번만이라도.

한순간만이라도 내게 음악의 신이 깃들어 주었으면.

그리하여 이 곡을 온전히 만들 수만 있다면 기꺼이 내어드리겠다.

"아니야."

그리려는 모습이 너무도 막연해서 그것을 악보에 옮겨 적을 수 없다.

그것을 봐야만 하는데.

너무 높고 멀리 있어 그 이상의 아래만을 볼 뿐이다.

"아니야!"

아무리 고치고 또 고쳐도.

"콜록! 콜록! 아악. 아아아아악!"

나는 그들과 같은 무대에 설 수 없다.

이것이 재능인가.

모차르트, 베토벤, 쇼팽 그리고 배도빈.

그들의 음악을 들려주었으면서.

그것을 들을 귀와 느낄 가슴은 주었으면서 그들과 같은 곡을 만들 힘은 주지 않은 신이 원망스럽다.

재능을 주지 않았더라면 시간이라도 줘야 하는 것 아닌가!

노력할 기회마저.

그들을 따라가는 것마저 허용되지 않는다.

답답하기 짝이 없는 악보를 내려다보니 또다시 악보가 젖기 시작했다.

살고 싶다.

음악, 계속하고 싶다.

배우고 싶은 게 너무나 많은데. 너무 많이 남았는데 이제 겨우 조금씩 자리를 잡아가고 있었는데.

평생 고생만 한 어머니를 홀로 남겨두고 갈 순 없다.

"제길."

제발.

"제길……."

누군가.

문이 열리는 소리가 나서 고개를 드니 눈물 너머로 가운을 입고 마스크를 한 배도빈이 서 있었다.

· 101악장 ·
우리는 저마다의 이유로 노래한다

가장 인정받고 싶은 사람에게 가장 보이기 싫은 모습을 보이고 말았다.

서둘러 눈물을 닦았다.

"뭐야. 오지 말랬잖아."

"몸은 좀 어때."

"완전 멀쩡하거든. 가. 참가자랑 단둘이 만나면 안 되잖아. 프란츠랑도 안 만난다면서 왜 온 거야."

"할 일이 있어서 온 거야."

할 일이라니.

여기서 뭘 할 수 있을까 싶을 때 배도빈이 무작정 안으로 들어왔다.

"아."

그러더니 마음대로 악보를 가져가 버렸다.

눈물 때문에 번진 곳이 많아 알아보기 힘들 텐데 유심히도 살폈다.

계속 울었던 걸 알아볼 것 같아서 뺏으려 했지만 소용없었다.

"내놔."

"……."

녀석은 대답하지 않았다.

무슨 생각인지 알 수 없어 기다리니 곧 입을 열었다.

"엉망이잖아."

"그래서 뭐!"

기껏 와서 한다는 말이 엉망이라는 폭언이다.

말도 못 할 졸작이라는 건 누구보다도 내가 잘 알고 있다.

평소보다도 못한 곡을 만들고 있었으니까.

"이렇게 해선 결승 못 올라가."

"뭘 말하려는 건지도 모르겠네."

"형식만 지킨다고 소나타가 아니야. 이건 대체 뭐야?"

이어지는 녀석의 말이 다 사실이라, 소리쳤다.

"어쩌라고! 매일 밥 먹는 것만으로 쓰러질 것 같은데! 치료받고 나오면 몇 시간이고 기절해 있는데 나보고 뭘 어쩌라는 거야!"

시간이 좀 더 있었다면.

조금이라도 건강했다면 더 멋지고 그럴듯한 곡을 쓸 수 있다.

지금은 아니지만 분명.

분명 그럴 수 있다.

비록 프란츠처럼 빠르지는 않지만 지금까지 해온 노력은 배신하지 않았다.

재능 같은 거 없어도.

충분히 멋진 곡을 쓸 수 있다.

분명 그런데.

시간이 없을 뿐이다.

"나는 뭐 좋아서 이러고 있는 줄 알아? 겨우 이따위로 만들려고 그렇게 노력한 줄 알아!"

녀석은 가만히 날 바라보았다.

"그런데 어떡해! 지금 난, 지금으로선 아무것도 만들 수 없는데!"

아무에게도 말하지 않았던 속내를 왜 이 녀석에게 쏟아내고 있을까.

이런 변명 따위 하고 싶지 않았는데. 끝까지 당당하게 곡을 쓰고 싶었는데.

"그래도 쓸 거잖아."

"……뭐?"

"그래도 쓸 거잖아."

배도빈이 악보를 들어 보였다.

"내 말을 뭐로 들은 거야? 시간이 없다고. 진짜 없다고."

"안 쓸 거야?"

"제정신으로 있는 것도 힘들어!"

"그래서?"

"못 쓰겠다고! 난 너나 프란츠처럼 금방 못 만들어! 아무 생각도 안 나! 누워 있으면 아파서 제발 그만 좀 아프길 바랄 뿐이야. 네가, 네가 그 기분을 알아?"

한바탕 쏟아내고 나니 숨이 차올라 더는 앉아 있을 수 없었다.

그래도 너무나 분해서.

녀석을 노려보고 있자니 다시 입을 열었다.

"그래도 쓸 거잖아."

"……."

그래.

맞는 말이다.

그래도 쓸 거다.

하루에도 몇 번씩 토하고 고열에 밤잠을 설치고 고통에 몸부림치더라도 써야만 한다.

좋은 생각이 떠오르지 않아도 그래야만 한다.

어렸을 적부터 키워왔던 그것을.

바라만 보았던 그것을 이 세상에 온전히 알리기 위해.

내가 살아 있었음을 남기기 위해 그래야만 한다. 그러지 않고서는 억울해서 편히 눈감지 못할 것 같다.

"쓸 거야."

너무나 정직한 시선을 피했다.

그러니 녀석이 내 앞에 무엇인가를 내려놓았다. 악보인가 싶어서 냉큼 챙겼더니 너무 얇다.

"이건."

첫머리에 베를린 필하모닉 전속 작곡가 계약서라 적혀 있었다.

고개를 드니 배도빈이 평소와 같은 태도로 내려다보고 있었다.

"베를린 필하모닉 단원은 그 어떤 상황에서도 최고의 연주를 해야 한다. 최고가 아니라면 단원이 될 자격이 없다."

배도빈은 마에스트로 빌헬름 푸르트뱅글러가 내세운 악단의 정신을 읊었다.

"결승에 올라. 그럼 네가 그렇게 바라던 베를린 필하모닉 소속의 작곡가가 되는 거야."

"……."

"무슨 짓을 해서도 해내. 이용할 수 있는 건 전부. 네가 곡을 쓰기 위해서라면 내가 아닌 베를린 필하모닉이 지원할 거야."

"……."

"그러니 써."

아무 말도 할 수 없었다.

배도빈도 내가 생각할 시간을 주는 것처럼 간격을 두었다. 계약서를 보다가 고개를 들자 그제야 입을 열었다.

"프란츠와 같은 조건이야. 지금껏 노력해 왔다면 찾아온 기회를 놓치지 마."

베를린 필하모닉의 작곡가라니.

내가 만든 곡을 그들이 연주하고 배도빈이 지휘한다니.

나도 모르게 마른침을 삼켰다.

그토록 바라던 꿈이 현실로 다가왔다는 사실을 믿을 수 없었다.

그러나 이내, 이루어질 수 없는 일이라는 것을 깨달았다.

지금의 내게 미래는 사치일 뿐이다.

배도빈이 계약서 위에 악보를 올리고 손가락으로 세 번째 마디의 마지막 노트를 가리켰다.

"여기는 반음 내리는 게 좋겠어."

아무렇지도 않게 미래를 보여주는, 평소와 같이 행동하는 태도에 화가 났다.

내가 얼마나 힘든지 전혀 모르는 것 같다.

"내 곡이야!"

"그래. 네 곡이야."

녀석은 여전히 곧은 시선으로 나를 꿰뚫어 본다.

내가 무슨 생각을 하는지 아는 것처럼 미래를 보여주고 현실에 집중할 수 있게 해준다.

무너지지 않도록.

포기하지 않도록.

절망에 굴하지 않도록 가장 중요한 말을 해준다.

"대체 왜 이러는 거야."

"뭘."

"최선을 다하고 있다고. 그래도 안 되는데 왜 자꾸 그런 말을 하냐고."

"네가 포기하지 않았으니까."

배도빈은 태연하게 답했다.

"토하고 울고 포기하고 싶어도. 이렇게 어리광부리고 약하고 미숙해도 쓸 거니까."

"……."

이해할 수 없었다.

이 녀석이 내 무엇을 보았기에 이렇게 나를 신뢰하는지 알 수 없었다.

다들 말하지는 않아도 내가 포기하길 바랐다. 어쩌면 그러다 지쳐 포기할 거라 생각할지도 모른다.

나조차 나를 의심하기 시작했다.

막상 치료에 들어가니 콩쿠르와 병행할 수 있을까, 하루에도 수십 번씩 고민했다.

포기하고 싶었다.

힘들고 능력도 없으니까.

그러나 나조차 믿지 못하는 나를 녀석은 믿어주고 있다. 반드시 쓰라고 결승에 오르라고 말하고 있었다.

이렇게 약하고 모자란 내게.

희망을 말해주었다.

"……완성할 자신이 없어."

"시간이 없어서?"

"그래. 발그레이 고문도, 리히터 씨도, 브라움 악장도, 레이라 씨도, 프란츠도 전부 너무 잘하잖아. 내가, 내가 어떻게 그 사람들을 이겨."

솔직한 마음이었다.

그들을 넘어설 수 없을 거라는 걸 알고 있다.

"그래. 너보다 뛰어나지."

"……그래. 그러니까."

"그게 네가 펜을 놓아야 할 이유는 아니야."

"괜한 응원이라면."

"닥쳐."

배도빈이 처음으로 소리쳤다.

또다시 모든 것을 꿰뚫어 보는 시선으로 나를 노려보았다. 이번에는 피하지 않았다.

녀석은 숨을 크게 내쉬더니 악보를 들었다.

"이 엉망인 악보에서도 모티브만큼은 봐줄 만해."

오래 전부터 풀어내고 싶었던 이야기다. 단지 어떻게 전개해야 할지 막막하여 이러지도 저러지도 못하고 있을 뿐이다.

"네가 만든 거잖아. 네 곡이잖아."

"그래. 내 곡이야."

"발그레이도, 브라움도, 프란츠도 생각 못 한 모티브잖아. 어느 누가 이 주제를 떠올렸다는 말이야."

"그건 누구나."

"아니."

배도빈이 다가왔다. 침대에 손을 얹고 얼굴을 들이대면서 또박또박 말했다.

"세상 어느 누구도 너보다 이 모티프를 잘 활용할 사람은 없어. 네가 만들었잖아. 네 곡이잖아."

"……."

그래.

내 곡이다.

내가 만들어야만 하는, 언젠가 기필코 완성하고 싶었던 내 곡이다.

내 이야기를.

나보다 잘 표현할 수 있는 사람이 있을 리 없다.

다른 이야기라면 모를까.

내가 만든 네 마디의 주제를 나보다 더 깊이 있게 쓸 수 있는 사람이 있을 리 없다.

내가 하지 않으면, 이 이야기는 세상에 태어나지도 못한 채 없어질 거다.

그 슬픔을 누구보다도 잘 알기에.

이제는 쓸 수밖에 없다.

배도빈을 보다가 고개를 끄덕였다.

"좋아."

배도빈이 다시 악보를 가리켰다.

"이 부분은 화음을 넣는 게 어때. 볼륨이 커져서 더 효과적이겠지."

"……뭐 하는 거야. 내 곡이라며. 이런 거 바라지 않아. 내가 완성하지 않으면 의미 없는 거라고. 가르쳐 주지 마. 이런 특혜 바라지 않아."

배도빈은 답하지 않고 TV를 틀었다.

어제 거장의 선택 방송분이 재방송 되고 있었는데 니아 발그레이와 파울 리히터가 푸르트벵글러와 토스카니니로부터 첨삭을 받고 있었다.

-정신 차려! 지금 왈츠를 만들고 싶은 거야, 아니면 소나타를 만드는 거야!

-이 빌어먹을 반주는 대체 무슨 정신머리로 넣었는지 모르
겠군. 멜로디가 다 뭉개지잖아!

이미 음악가로서는 정상에 이른 그들이 두 전설로부터 호되
게 야단맞고 있다.

배도빈이 TV를 끄고 악보를 가리켰다.

"곡을 완성하는 것만 생각해. 대회는 공정하니까."

그제야 배도빈이 들어오면서 말했던 '할 일'이라는 게 무엇
인지 알 수 있었다.

심사 위원들은 일주일간 대회 참가자에게 여러 조언을 해주
고 있었다.

보다 완성도를 높일 수 있게 세계에서 가장 뛰어난 음악가
들이 가르침을 주고 있었던 것이다.

치료를 받느라 콩쿠르가 어떻게 돌아가는지 확인하지 못했고.

무균실에 갇힌 내가 그런 혜택을 받을 수 있을 리 없었다.

배도빈은 그런 나를 위해 시간을 따로 낸 것이다.

나를.

베토벤 기념 콩쿠르 참가자로.

2라운드 진출자로 여겨준 거다.

공정하다니.

말도 안 되는 이야기다.

이미 입원하면서부터 실격 처리 되어도 콩쿠르 운영위를 탓

할 수 없을 텐데.

병실까지 찾아와 다른 참가자와 동일한 조건에서 작업할 기회를 주려는 거다.

이렇게 상냥한 콩쿠르가 또 있을까.

아니. 이런 사람이 또 있을까.

"이 부분은 무슨 의도였어?"

눈물을 훔치고 입을 열었다.

"숲에 있으면 사락사락하는 소리 나잖아. 그런 느낌을 주고 싶었는데. 고민하고 있었어."

"생각의 여지를 두는 것과 불명확한 것은 달라. 의미를 분명히 하려면 반복도 방법이야."

"응."

세계, 아니, 역사상 가장 뛰어난 음악가에게 받는 개인 레슨이라니.

이런 건 상상도 못 했다.

배도빈은 답은 알려주지 않으면서 한 번 더 생각해 볼 부분과 어떤 방향으로 고민해야 하는지 알려주었다.

말 그대로 내가 나를 표현할 수 있는 길이 어디에 얼마나 있다고 말해주는 것 같았다.

살아 있음에 이렇게 충실할 수 있을까.

진정으로 그에게 감사했다.

♪

과제곡 제출까지 이틀 남았다.

다행히 어제와 오늘은 몸 상태가 나쁘지 않았다.

의사 선생님은 언제 다시 상황이 안 좋아질지 모르니 다음 항암 치료를 위해서라도 몸 관리를 잘해야 한다고 당부하셨다.

죽을 것만 같았던 고통에서 잠시 해방되었을 뿐이지만.

이것으로 충분하다.

이걸 완성할 수만 있다면 어떻게 되어도 괜찮다.

'할 수 있어.'

배도빈은 그제와 어제 정말 많은 이야기를 해주었다.

답을 알려주는 것이 아니라, 내가 미처 생각하지 못했던 길을 여럿 소개해 주었다.

덕분에 배도빈 같은 천재가 어떤 생각을 하는지 조금은 이해할 수 있었다.

어떻게 그런 생각을 할 수 있는가에 대해선 여전히 의문이지만 적어도 무엇을 중요하게 생각하는지는 알 수 있었다.

배도빈은 주제를 어떻게 확장하고 변형시키고 전개할지에 철저했다.

그것은 어떻게 하면 새로운 요소를 넣을까 고민했던 나와는 정반대의 개념이었고 그의 곡이 그토록 격렬하고 인상적인 이유였다.

하나의 주제를 가지고 몇 분, 몇 십 분을 활용하기가 쉽지 않았다.

다른 방법도 많은데 왜 이렇게 집요하게 파고들까.

그런 고민을 한 적도 있었다.

그러나 막상 1악장을 완성하고 나니 배도빈이 왜 그렇게 험난한 작업을 고집했는지 알 수 있었다.

하나의 주제를 극단적으로 변형시키다 보면, 그래서 하나의 악장을 완성하려면 그만큼 오래 고민할 수밖에 없었다.

어떻게든 다르게 연주해야 하기에 박자를 늘리고 화음을 추가하고 세기를 조절하고 음을 탈락시키는 등 할 수 있는 한 모든 방법을 동원하면서 자연스레 주제를 깊이 생각할 수 있게 된다.

그것이.

배도빈의 곡이 깊이 있을 수 있었던 이유 같다.

녀석을 마왕으로 불리게 하는 폭력과도 같은 몰입력이 그 때문이지 않을까.

하나의 이야기를 계속하면서도 청자가 지루하지 않게 변형시키려면 주제를 여러 각도에서 관찰해야 한다.

내가 부족했던 것은 이 사고의 확장성.

내가 모르던 세계를 본 듯한 기분이라, 그 깨달음의 기쁨에 잠시도 가만히 있을 수 없었다.

'프란츠도 이런 식으로 공부했을까.'

완성된 악보로는 알 수 없었던 과정을 의식하며 처음부터 다시 곡을 쓰기 시작했다.

방법을 안다고 결코 쉬운 작업은 아니었다.

도리어 어설프게 느껴졌지만 그래도 무엇을 해야 하는지 명확히 알고 있는 덕에 한 걸음씩 나아갈 수 있었다.

즐겁다.

작곡에 손을 댄 지 몇 년이나 되었을까.

족히 10년은 넘었는데 이제야 비로소 악보에 나를 담는 법을 익힌 기분이다.

한 단계 올라선 기분에.

그 충족감에 취해 악보를 채워가는 행위를 멈출 수 없었다.

얼마나 지났을까.

"일찍 일어났네?"

어머니께서 병실로 들어오셨다.

'날을 샌 거야?'

나조차도 너무나 멀쩡한 몸 상태에 놀라지 않을 수 없었다. 집중했던 탓인지 밤새 조금도 아프지 않고 곡을 쓸 수 있었다.

진전도 꽤 있다.

이대로라면 정말 완성할 수 있지 않을까.

그런 생각을 하면서 걱정하실 어머니께 거짓말을 하고 말았다.

"네. 좋은 아침이에요."

"오늘은 표정이 밝네. 아침 먹자."

"네."

대답하다가 문득 어머니와 함께 식사한 적이 언제였는지 기억나질 않았다.

독일로 온 뒤로는 줄곧 떨어져 있었으니 벌써 1년이나 된 이야기일 터.

"어머니."

"응?"

"밥 같이 먹어요."

"얘는. 엄마는 나중에 먹을게."

"그냥. 같이 먹고 싶어서 그래요."

어머니께서는 별일이라고 생각하시면서도 싫지 않으신지 밖에서 병원식을 받아 오셨다.

정말 조촐한 자리지만 지금은 이것으로 만족해야 한다.

"어때. 먹을 만하니?"

"네. 환자식 주제에 맛있다니까요."

"그래?"

어머니께서도 한술 뜨셨다.

그 모습을 바라보니 나도 모르게 조금 웃고 말았다.

조금 여위신 건 아마 나 때문이겠지.

어렸을 적부터 여태까지 뭐 하나 제대로 해드린 게 없는 것 같아 참 못난 놈이구나 싶다.

이제는 속 썩이는 것으로도 모자라 이제는 먼저 떠나려 하니.

이런 불효자도 없을 것이다.

"어머. 많이 썼구나?"

어머니께서 악보를 발견하시곤 놀라셨다.

"네. 어제랑 오늘 집중이 잘 됐거든요. 아프지도 않고."

"오늘?"

실수했다.

어머니께서는 내 안색을 살피시더니 혼내실 때의 표정을 지으셨다.

"히로시, 곡을 쓰는 것도 중요하지만 선생님께서 체력도 중요하다고 하셨잖니."

"그러게요. 아침 먹고 조금 잘게요."

어머니는 더는 아무 말 않으셨다.

평소에는 몇 번이고 더 혼내시는데 날 걱정하는 마음이 그대로 전해져서 조금 슬퍼지고 말았다.

만약 어머니의 바람대로 치료에만 집중했다면 조금 더 살 수 있을까.

지금까지 속상하게만 했으니 지금이라도 어머니 생각대로

하는 게 맞지 않을까.

적어도 그래야 덜 죄송하지 않을까.

그런 고민을 수도 없이 했지만 결국에는 곡을 쓰고 싶다는, 베토벤 기념 콩쿠르에서 우승하고 싶다는 마음을 포기할 수 없었다.

끝까지.

이기적인 아들이다.

"아, 이거 맛있다. 어머니, 이거 더 드세요."

"아니야. 엄마 이것도 많아. 먹는 건 괜찮아?"

"네. 열심히 해서 그런지 밥맛도 좋은 거 같아요."

"말이나 못 하면. 넌 어쩜 그렇게 네 아빠랑 똑같니? 어서 먹어."

"네."

어머니와 식사를 하고 나니 확실히 졸음이 몰려들었다.

'시간이 없는데.'

그래도 계속 깨어 있을 수는 없으니 잠시라도 눈을 붙여야 할 것 같다.

눈을 감으니 그간 무시했던 피로가 무섭게 달려들어 이내 잠들었다.

어슴푸레 어머니의 손길을 느꼈다.

일어나 보니 늦은 오후였다.

꽤 오래 잠든 것 같아, 눈을 뜨자마자 악보와 펜을 집었다.

하루에 한 악장씩 완성하다니.

내가 생각해도 정말 말이 안 되는 속도다.

'모레까진 어떻게 될 것 같아.'

3악장에서 가장 중요한 부분을 적어 넣으며 이것을 어떻게 효과적으로 살릴지 고민했다.

절정구는 피아노를 칠 무렵 문득 찾아온 악상을 그대로 담았다.

하이라이트만 있어 그 자체로는 멋지지만 온전하지 못했던 부분인데, 그것을 담아낼 때가 온 것이다.

정말 오래 간직했던 멜로디라 생각 외로 쉽게 쓸 수 있었다.

남은 것은 심상을 어떻게 끌어와 절정부를 효과적으로 표현하는가.

역시, 배도빈이 조언해 주었던 것처럼 최대한 가능성을 열어두었다.

열어두었지만.

"하아."

역시 쉽지 않다.

소나타 형식에 맞춰 써야 하기에 3악장은 1악장과 2악장에서 사용했던 두 개의 주제를 다시금 활용해야 하는데.

이미 앞서 모든 걸 쏟아부은 터라 적당한 아이디어가 떠오르지 않는다.

다시금 기한 내에 완성할 수 있을지 의문이 들기 시작했고 더더욱 안 좋은 상황까지 떠올리고 말았다.

'연주는 어떻게 하지?'

곡을 완성하는 것만 생각했는데, 생각해 보니 연주자에게 도 시간을 줘야 했다.

'왜 그걸 지금 생각한 거야.'

연습 시간을 하루라도 주려면 오늘 안에 완성해야 하는데.

다시 조급해졌다.

"하아."

왜 하필 지금 아파서 이렇게 방해받는지.

병을 원망할 수밖에 없었다.

이미 벌어진 일이라고.

지금 급한 일은 화내는 게 아니라고 생각하면서도 어쩔 수 없이 불쑥 올라오는 억울함에 주먹을 쥐었다.

그때 어머니께서 들어오셨다.

"히로시, 죠엘 웨인이라는 분 아니?"

이런 모습을 보이면 어머니께서 또 슬퍼하실 테니 애써 마음을 가라앉혔다.

"네. 도빈이 비서이실 거예요."

"응. 그렇게 말씀하시더라. 편지 주고 가셨는데?"

"편지요?"

외부에서 들어온 걸 들일 수는 없어 어머니께 읽어달라 부탁드렸지만 독일어를 읽지 못하셔서 웃고 말았다.

투명한 커튼을 사이에 두고 어머니께서 조잡한 편지를 보여주셨고, 한눈에 산타가 보낸 편지라는 걸 알 수 있었다.

"뭐야. 어머니, 산타예요."

"네가 가르친다는 아이 말이니?"

"네. 세상에. 아, 그렇지. 죠엘 웨인이 얘 누나였을 거예요."

"고마워라. 일부러 전해주시려고 오셨구나."

고개를 끄덕이고 편지를 살폈다.

글씨는 삐뚤삐뚤하고 크기도 저마다 달라서 제대로 읽기 힘들 정도로 엉망이고.

나름대로 꾸민 편지지는 덕지덕지 붙인 색종이로 난잡했다.

하지만 웃을 수밖에 없었다.

타마키 선생님!
빨리 나아서 또 음악 하자!
보고 싶어요.

"빨리 나으래요. 보고 싶대요."

"그래?"

어머니께서 편지지를 살펴보시고는 웃으셨다.

"어쩜 이렇게 귀엽니."

"그러니까요. 산타한테 편지를 받을 거라고는 상상도 못 했는데. 글씨 공부도 열심히 하나 봐요."

어머니께서 산타에 대해 궁금해하셔서 신나게 떠들었다.

"걘 천재예요. 몇 분이고 똑같은 박자를 유지할 수 있고 심지어는 듣는 것만으로도 언제 무슨 악기가 나오는지 다 기억해요."

"어쩜. 아프다고 하지 않았니?"

"저도 몰랐는데, 사실 자폐가 겉으로 이상하게 보일 뿐이지 속으로는 제대로 생각하고 있대요. 그 녀석은 정말 천재예요. 음악도 정말 좋아하고요. 집에 안 가려고 해서 매일 혼날 정도로요."

음악을 향한 맹목적 사랑.

산타는 내가 봤던 사람 중에 가장 순수하게 음악을 사랑한다.

놀라운 기억력으로 베를린 필하모닉의 오케스트라 연주를 들으면 정확한 타이밍에 북이나 심벌즈를 따라 치기도 했다.

녀석의 자랑을 이어가다가.

흐뭇하고 조금은 슬프게 웃으시는 어머니의 얼굴이 눈에 들어왔다. 어느새 눈가가 촉촉해져 있다.

"어머니?"

"아, 아니야. 기특해서 그래. 우리 아들이 그런 아이에게 좋은 선생님이었다고 생각하니 기특해서 그래."

"……"

할 수 있는 말이 없었다.

잠시 후.

저녁도 함께 먹었다. 어머니께서는 배도빈이 마련해 준 근처 숙소로 돌아가셨고.

산타 녀석의 응원에 힘입어 다시금 힘을 냈다.

조금 열이 오르는 것 같지만 아직은 괜찮다.

'연주는……'

일단 곡을 완성한 뒤에 생각하도록 하자.

이제 겨우 끝이 보이니까.

여러 생각을 할 여유 따위 없으니까.

'산타가 이 곡을 좋아해 줄까.'

귀는 좋아서 내 곡에는 그리 관심 없던 녀석에게 선생님도 이렇게 멋진 곡을 쓸 수 있다고.

들려주고 싶다.

그렇게 생각하니 다시 몸이 가벼워진 기분이 들었다.

2라운드 과제 제출일을 하루 남겨두고, 타마키로부터 악보를 받아 가기 위해 병원을 찾았다.

죠엘 웨인과 함께 들렀는데 그녀가 타마키에 대해 물었다.

"차도는 어떤가요?"

"치료 방법이 제한적이고 확률도 희박하다고 해요. 그래도 요 며칠은 상태가 좋았으니 희망을 가져야죠."

"……네."

"타마키랑 아는 사이인 줄은 몰랐네요."

"아, 산타 선생님이시니까요. 잘은 모르지만 산타가 정말 좋아해요."

생각해 보니 그런 식으로 이어져 있구나 싶었다.

타마키가 정식 작곡가가 되면 산타가 많이 서운해할 것을 생각하니 겸업을 시키는 게 나을지도 모르겠다.

그만큼 좋은 선생이라는 뜻이니까.

그런 생각을 입에 담으니 죠엘이 살짝 웃었다.

"정말 믿고 계신 거네요."

"뭘요?"

"타마키 선생님이 나으실 거라고."

잠시 간격을 두었다가 고개를 끄덕였다.

"당연하죠."

그렇게 대화를 나누며 걷다 보니 병실 가까이 이르렀는데.

"히로시! 히로시이!"

타마키 준코의 절규가 둔기처럼 머리를 때렸다.

♪

불길한 예감에 발을 재촉하니, 때마침 타마키의 담당의가 병실에서 나오고 있었다.

"무슨 일이에요?"

다급히 물었건만 의사는 천천히 고개를 저을 뿐이었다.

"설마."

"오늘 새벽 갑자기 상태가 안 좋아지셨습니다. 할 수 있는 조치는 다 했지만 애석하게도."

그럴 리 없다고.

애써 부정하며 안으로 들어서자 오열하는 타마키 준코의 목소리가 가슴을 죄어 왔다.

미동도 하지 않는 타마키 히로시를 볼 수 있었다.

"……"

손을 잡으니 아직 온기가 남아 있었다.

"타마키."

그러나 답은 돌아오지 않았다.

이렇게 따뜻한데, 이미 떠났다니.

믿기지 않는다.

어제까지만 해도 컨디션이 좋다며.

악보 가지러 와 달라고 했던 녀석이 이렇게 허무히 갈 리 없다.

그러나.

매정하게 식어가는 그의 몸이 말해주고 있었다.

타마키 히로시가.

죽었다.

오열하다 지쳐 쓰러졌던 타마키 준코는 온전하지 않은 몸과 마음을 이끌고 아들의 장례를 준비했다.

그사이에 찾아온 단원들과 함께 타마키 준코를 도왔다.

타마키를 장례식장으로 옮기고 나서는 모두 사자를 애도하며 침묵을 지켰다.

한산했다.

고향과 멀리 떨어진 타국에서 치러진 탓에 콩쿠르에 참가한 베를린 필하모닉 소속의 단원과 직원 그리고 사카모토와 히무라만이 자리를 지킬 뿐이었다.

외로우면 어쩌나 걱정했지만 다행히 그를 사랑하는 사람도 있었다.

녀석과 친하게 지냈던 스칼라와 프란츠는 화장한 채 누워 있는 타마키를 끌어안았다.

어린 프란츠는 차오르는 슬픔을 달래지 못하고 소리 내어 꺽꺽 울었다.

녀석을 달래려 했으나 타마키 준코가 괜찮다는 듯 고개를 끄덕였기에 프란츠는 타마키와의 이별을 충분히 슬퍼할 수 있었다.

스칼라 역시 나름의 방법으로 하프를 연주하여 타마키의 영혼을 달랬다.

1년도 채 안 되는 만남이었으나 각자 다른 출신으로, 베를린 필하모닉에서 새로운 삶을 시작했던 그들에게 서로는 큰 의지처였을 터.

타마키 준코도 멀리 이곳에도 아들을 위해 슬퍼해 주는 사람이 있었다며 프란츠와 스칼라의 손을 잡았다.

타마키를 잘 알지 못했던 이들도 음악을 하는 사람으로서 마지막까지 악보를 놓지 않았던 그에게 경의를.

그 숭고한 정신이 떠났음에 조의를 표했다.

그렇게 자정이 다가올 즈음.

몸을 추스른 타마키 준코가 아들이 남긴 악보를 넘겨주었다.

"히로시가 전해 달라고 했어요. 너무 늦은 건 아닐지."

"확실히 수령했습니다."

고개를 떨어뜨린 준코는 숨을 고르고 간격을 둔 뒤 입을 열었다.

"너무 늦게 만들었다고 걱정했어요. 그래도 완성했으니 다행이라고."

타마키 준코는 말을 잇지 못했다.

소중한 이를 잃는 참담함.

그녀가 느끼고 있을 슬픔의 일부라도 이해하기에 그저 기다렸다.

이내 타마키 준코의 잠긴 목소리가 타마키의 말을 전해주었다.

"연주할 분이 준비할 수 있을지 걱정했어요."

확실히.

모레, 아니, 내일 아침에 연주하기에는 준비할 시간이 부족하다.

마음 같아서는 곡의 진행 과정을 봤던 나라도 나서주고 싶지만, 심사위원으로서 해선 안 될 일.

동등한 입장에서 경쟁하길 바랐던 타마키도 내가 연주하길 바라고 부탁하진 않았을 것이다.

"미안하지만 뒤를 맡긴다고. 그렇게 말했어요. ……부탁드립니다."

"네. 가장 잘 연주할 수 있는 사람을 찾아보겠습니다."

타마키 준코가 엎드려 절했다.

"감사합니다."

이미 몸과 마음이 무너졌고.

아들이 바랐던 일을 전하려는 의지만이 그녀를 지탱하고 있으리라.

그녀의 심정을 어찌 다 이해할 수 있을까.

위로하고 싶었지만 쉽게 손이 나가지 않았다.

"해야 할 일을 할 뿐입니다. 그리고."

타마키 준코에게 내일 2라운드가 끝나면 타마키의 시신을 일본으로 보내어 장례를 치르자고 했더니 거듭 고개를 숙였다.

내가 할 수 있는 일은 이 정도뿐이리라.

대화를 마치고 잠시 장례식장 밖으로 나왔다.

타마키의 악보를 살폈다.

자세히 살펴봐야 하겠지만 3일 만에 완성한 곡이라고는 믿을 수 없었다.

평소 녀석을 떠올리면 얼마나 절박했을지 알 수 있을 정도로 공들인 티가 난다.

곳곳이 땀인지 눈물인지 모를 것으로 번져 있었으나 다행히 알아보는 데 큰 문제는 없다.

다만 난도가 상당하여 녀석이 고용한 피아니스트가 하루만에 숙달할 수 있을지는 모르겠다.

나쁘지는 않아 보였다만 그렇다고 출중하지도 않았던 것 같다.

"뭐 하냐."

가우왕이 다가왔다.

자리를 내어주니 음료수를 넘겨주곤 옆에 앉았다.

"타마키가 쓴 곡이에요."

"……그렇구만."

"연주할 사람을 찾아야 해요."

사정을 설명하니 가우왕이 음료수를 단번에 들이켜고 손을 뻗었다.

"줘 봐."

순순히 넘겼지만 그리 큰 기대는 하지 않았다.

고집 센 가우왕은 내 곡이 아니면 현대에 만들어진 곡은 연주하지 않았다.

유일한 예외가 이번 프란츠의 참가곡 마왕.

수준이 낮거나 취향이 아니라는 이유 때문인데, 내게 집착하는 이유도 그 때문이라 가우왕은 애초에 후보에 두지 않았다.

"내가 할게."

고개를 돌렸다.

가우왕이 눈썹을 움직이며 물었다.

"왜."

"의외라서요."

그는 머리를 벅벅 긁고는 고요하고 빈 복도를 바라보다가 입을 열었다.

"노력하는 녀석은 싫지 않으니까."

가우왕다운 이유다.

"그럼 부탁할게요."

"그래."

죠엘 웨인에게 악보를 복사해 달라고 부탁해 제출용 원본을 챙기고 사본은 가우왕에게 넘겼다.

가우왕은 그대로 연주진을 위해 마련된 연습실로 향했다.

현존하는 가장 완벽한 피아니스트가 연주를 맡아주었으니, 타마키도 만족할 거라.

그리 위안 삼았다.

얼마 없는 조문객들이 내일을 위해 나서고 있었고 나라도 자리를 지켜줄 생각으로 있는데, 프란츠와 스칼라가 다가왔다.

타마키가 자기 걱정하느라 대회에 집중하지 못할 거라며 투병 사실을 숨겨 달라고 했으니.

그가 왜 콩쿠르에 제대로 참가하지 못했는지 알 수 없었던 프란츠에겐 큰 충격이었을 터.

장례식 내내 소리 죽여 울었다.

옆에 앉아서도 한참을 끅끅대던 녀석이 입을 열었다.

"몰랐어요. 타마키 형이 그렇게 아팠을 줄은."

"……."

"좋은 사람이었는데. 끄읍. 같이 결승에 오르자고옵. 끕. 그랬는데. 매일…… 음악 이야기하고 그랬는데."

울먹이는 녀석의 등을 쓸어주었다.

"불공평해요. 그렇게 착한 사람이, 노력하는 사람이 왜 죽어야 하는 거예요?"

"그러게."

"타마키 형은 정말 똑똑했어요. 사람들이 몰라줄 뿐이었어요. 분명, 분명 멋진 음악을 했을 텐데."

미래를 가정할 순 없지만 아무도 알아주지 않아도 꾸준히 걸어 나갔던 녀석이라면 언젠가는 분명, 근사한 곡을 만들었을 거다.

"……그러게."

하지만.

하늘은 그에게 시간을 주지 않았다.

스칼라도 한마디 보탰다.

"무심하기도 하시지."

애석함을 담아, 테메스인들이 믿는 신에게 하는 말일 것이다.

정말 같은 생각이다.

프란츠의 말도 스칼라의 말도 너무나 공감한다.

그러나 프란츠가 타마키를 잃은 일을 단순히 슬픔으로만 기억하길 바라지는 않는다.

그러기엔 타마키가 불쌍하고.

프란츠가 짊어진 짐이 무겁다.

"프란츠."

눈물을 훔치던 녀석이 고개를 들었다.

"타마키는 정말 많이 노력했지?"

프란츠가 조금도 망설이지 않고 고개를 세차게 끄덕였다.

"나도 그렇게 생각해. 이번에야 알았지만 녀석은 자기가 부족한 걸 채우려고 노력했어."

"……네."

"죽어가면서도 포기하지 않았어. 우승하려고 했어. 음악가로서의 성공이, 자기 곡이 사람들에게 알려지고 사랑받는 일이 타마키에게는 삶을 받쳐야 할 만큼 가치 있었던 거야."

이번에는 프란츠의 고개가 무겁게 움직였다.

"콩쿠르에서 우승한다는 건 그런 의미야. 수많은 사람이 노력해도 우승하는 사람은 한 명뿐. 모든 관심은 그 사람에게 쏠리지."

"이, 이상해요."

"그래. 부조리하지."

타마키도 잘 알고 있었다.

아무리 노력한다 한들 주목받는 사람은 정해져 있고, 재능의 차이를 극복하긴 어렵다.

그래도 녀석은 최선을 다했다.

남을 탓하거나, 시기하거나 하지 않았다.

자신의 부족함을 부정하지 않고 주어진 환경에서 할 수 있는 일을 해내고야 말았다.

"그래도 타마키는 계속 곡을 썼어. 아무도 자신을 알아봐 주지 않아도. 그런 생각이 들어도."

아무도 알아주지 않을 때조차 굴하지 않는 굳센 의지로 노래했다.

타마키뿐만 아니라.

이 대회 참가자, 아니, 정말 많은 음악가가 자신의 목소리를 내기 위해 분투하고 있다.

니아 발그레이가 장애를 딛고 다시 음악을 하고자 선택한 무대이자, 파울 리히터가 본인의 이름을 되찾아가는 과정이자, 프란츠 페터가 작곡가로 데뷔하기 위한 무대다.

모두 각자의 이유로 노래한다.

가슴속에서 끓어오르는 음악을 향한 열정을 표출하고자, 자신의 정당성을 입증받고자.

노래할 무대를 스스로 차지하려는 것이다.

"자기 곡을 단 한 번만이라도 무대에 올리기 위해서."

매일 오르는 무대지만.

타마키에게는 너무도 간절했던 장소고 기회였다.

이제 막 주목받기 시작할 프란츠가 그것을 기억해 주길 바란다.

녀석은 이번 콩쿠르에서 우승하지 못하더라도 탁월한 재능과 노력 그리고 나와 베를린 필하모닉이라는 이상적인 조건을 갖추고 있다.

녀석이 게으름 피우지 않는 이상 무대에 오르는 것이 간절하진 않을 것이다.

그래서 쉽게 생각할 수 있고.

때문에 기억해야 한다.

무대에 오르는 것이 어떤 의미를 지녔는지.

대중으로부터 관심을 받는다는 것이 얼마나 큰 가치를 지녔는지 알아야만 한다.

그것을 위해 노력했던.

생을 바쳤던 타마키 히로시를 기억하며 왜 한 번의 무대를 완벽하게 준비해야 하는지.

왜 그것에 만족하지 않고 더욱 정진해야 하는지 알 수 있을 것이다.

프란츠도.

나도.

무대에 오르는 사람이라면 누구나 타마키의 자세를 잊지 말아야 할 것이다.

그것이 빌헬름 푸르트벵글러가 내세운 베를린 필하모닉의 정신.

눈물을 그치고 곰곰이 생각하던 프란츠가 고개를 끄덕였다. 제대로 이해했는지는 알 수 없지만 의지에 찬 눈을 보면 무언가 느낀 것 같다.

"들어가. 늦었다."

프란츠와 스칼라를 보내고.

다시 장례식장으로 들어가려던 차, 사카모토와 푸르트벵글러가 걸어 나오고 있었다.

푸르트벵글러가 물었다.

"남아 있는 게냐."

고개를 끄덕이자 어깨를 툭툭 위로하고 복도로 향했고 사카모토는 씁쓸하게 웃었다.

"잠깐 괜찮은가."

"그럼요."

나란히 앉았다.

"사고를 당했다고는 알고 있었는데, 베를린 필하모닉에서 일하고 있는 줄은 몰랐네. 1라운드에서 보고 무척 반가웠지."

같은 나라 출신의 후배가 굴하지 않고 음악의 길을 계속 걸었다는 것이 반가웠던 모양이다.

나카무라와 함께 일본 클래식 음악의 부흥을 위해 조합을 만들었을 정도였으니 충분히 그랬을 것이다.

"자네와는 사이가 좋지 않을 거라 생각했는데."

사카모토의 말에 작게 웃었다.

"잘 알고 지내는 사이는 아니었어요."

말 그대로 마음을 나누거나 서로에게 특별한 감정을 가졌던 사이는 아니다.

좋게 말해도 친분이 있다고는 할 수 없는 관계.

"다만 모른 척할 수 없었죠."

베를린으로 무작정 찾아왔을 때부터 녀석은 항상 다급했고 간절했다.

일을 달라고 하기에 빈자리를 주었지만 지금과 같이 여기진 않았다.

타마키를 가슴에 품은 이유는 아마도 발버둥 치는 녀석에게서 홍승일과 사카모토를 겹쳐 봤기 때문일지도 모르겠다.

그런 생각을 전하니 사카모토가 고개를 끄덕였다.

비슷한 경험을 한 사람으로서 느끼는 바가 더 많을 거라 생각했다.

"정말 가혹한 일일세. 그 젊은이를 빛도 보지 못하게 데려갔으니."

"이번 곡은 괜찮아 보이더라고요. 자세히 보진 못했지만."

"허어."

대중이 타마키의 곡을 좋아할지는 알 수 없지만 적어도 전보다는 나은 반응이 나올 것 같다.

그러길 바란다.

살아 있더라면 더 좋은 곡을 만들 수도 있었을 거라는 아쉬움을 사카모토도 느낀 듯 한탄했다.

"젊은 음악가들에게 너무나 가혹한 일이 생기는 것 같네. 관심받지 못하다 눈 감은 타마키 군도 안타깝고. 지나친 관심으로 괴로워하는 아리엘 군도."

아리엘 얀스에 대해서는 기사로만 접했지만, 소속 악단에서 나와야만 했던 걸 생각하면 충분히 고통스러웠을 것이다.

녀석의 자존심은 존중과 예절이라고는 눈곱만큼도 찾아볼 수 없는 언론과 평단 그리고 일부 네티즌에게 상처받았을 것이다.

그러나.

"흔한 일이라 더 문제죠."

사카모토가 고개를 끄덕였다.

결국 두 사람 모두 진정한 본인을 알아봐 주는 사람이 없었기 때문에 생긴 괴로움이다.

그러나 사카모토도 알고 있다.

자신을 찾지 못해서. 알리지 못해서. 왜곡되어 알려져서 잊힌 음악가가 수도 없이 많다는 걸.

그리고.

나나 사카모토도 그럴 수 있다는 걸 말이다.

"그래도 할 수밖에 없잖아요."

"그렇지."

그러나 그러한 고난이 약속되어 있어도 음악을 할 수밖에 없는 이들은 굴하지 않고 노래한다.

자신을 갈고닦으며 가장 아름다운 형태로 토해낸다.

그런 자세가 한 사람의 음악가를 만든다.

그런 의미에서.

"타마키는 훌륭한 음악가였어요."

비록 성공한 작품이 없었을 뿐.

타마키 히로시는 분명 훌륭한 음악가였다.

"그럼, 무리 말게. 아침에 보지."

"네."

사카모토마저 배웅하고 돌아서 장례식장으로 들어가 타마키 히로시를 바라보았다.

누구도 알아봐 주지 않을 때조차 굴하지 않았던 동료 음악가에게 약속을 확인했다.

'잘 만들었냐.'

이번 곡이 정말 좋다면 베를린 필하모닉의 루트비히홀에서 그것을 연주하기로 했던 약속을.

녀석이 지켜주길 바랐다.

타마키 히로시의 장례식에 참가하고 귀가한 진달래는 아리엘이 깨진 않을까 싶어 조심스레 문을 열었다.

예상과 달리 방에는 불이 켜져 있었고 아리엘도 곧장 그녀를 맞이했다.

"왜 안 자고 있었어."

진달래가 겉옷을 벗으며 물었다.

아리엘은 그것을 받아 걸어주었다.

"악보 고치다 보니 벌써 이렇게 되었네요."

단원들과 함께하여 별일 있겠냐만은 늦은 시간에 외출한 진달래가 걱정될 수밖에 없었다.

"정말?"

속내를 들킨 아리엘이 진달래와 함께 웃었다.

진달래가 씻는 사이 아리엘은 우유를 데웠고 두 사람은 침대에 나란히 앉았다.

"기분이 좀 이상했어."

"그럴 수밖에. 지인을 잃었으니."

진달래는 입술을 살짝 깨물며 생각을 정리하였다.

"사실 누군지 잘 몰라. 같은 곳에 있어도 마주칠 일이 없었거든."

"그랬군요."

"응. 그래서 별생각 없이 갔는데. 뭐랄까 조금…… 슬프다기보단 안타까웠어."

아리엘은 진달래의 목소리에 귀 기울였다.

"잠깐 들었는데 어렸을 땐 되게 유명한 피아니스트였대. 그런데 지금은 아무도 안 찾더라고. 심지어 베토벤 기념 콩쿠르에서도 그리 주목받지 못했잖아."

진달래는 나윤희와 왕소소에게 들은 이야기를 떠올리며 한숨을 내쉬었다.

"알고 보니 걔는 협회 쪽에 이용당했다고 하더라. 평론가들도 매수해서 잔뜩 띄어놓고 다치니까 철저하게 무시했다고."

"그랬군요."

"니아 아저씨처럼 연주는 못 하게 되었지만 곡이라도 쓰려고 여기까지 노력해 올라왔다는데. 그렇게 죽으니까…… 안타까웠어."

"멋진 사람이었네요."

"응. 그랬던 것 같아."

잠시 생각을 정리한 진달래가 전등을 끄고 누웠다.

"자자. 내일도 힘내야 하잖아."

아리엘도 곁에 누워 그녀와 인사를 나누곤 눈을 감았다.

잠을 청하려 했으나 타마키 히로시란 남자에 관한 생각이 자꾸만 맴돌았다.

특출한 것 하나 없는 지극히 평범한 남자였다.

아리엘도 그를 의식하지 않았다.

그러나 타마키 히로시에 관한 이야기를 들음으로써, 자신 외에도 이 대회에 모든 것을 바친 사람이 있다는 것을 깨달았다.

자기 통찰을 통해 스스로를 깨닫고 솔직해진 그는, 그렇게 조금씩 타인도 그와 다르지 않다는 것을 받아들이고 있었다.

할아버지와 연인과 그만이 있던 세계가 점차 확장되고 있었다.

베토벤 기념 콩쿠르 2라운드 8일 차의 막이 올랐다.

시청자들은 거장의 선택을 통해 지난 일주일간 여덟 명의 참가자가 얼마나 치열하게 곡을 썼는지 지켜보았다.

니아 발그레이와 파울 리히터, 찰스 브라움조차 거장들의 호된 질타를 피할 수 없었고.

프란츠 페터, 레이라와 같이 뛰어난 기량을 자랑한 신예들은 더더욱 철저히 사사했다.

그 과정에서 한국의 작곡가 박준수는 콩쿠르의 압박과 부담으로 좀처럼 제 실력을 발휘하지 못해, 분한 마음에 눈물을 보이기도 했다.

나미비아 출신의 제니 헤트니는 4일 차에 포기 선언을 하였다가 아르투로 토스카니니의 심한 질책을 받은 뒤 절치부심하여 결국은 곡을 온전히 완성하였다.

모든 참가자가 고뇌하고 좌절하며 그러나 끝끝내 펜을 놓지 않는 모습을 보였고.

그것을 지켜본 시청자들은 단순히 예능으로만 여겼던 '거장의 선택'을 점차 진지하게 받아들이고 있었다.

ㄴ니아 제발 올라갔으면 좋겠다ㅠ

ㄴ페터는 무조건 올라가야 해. 다들 눈치챘어? 처음에는 무서워서 심사위원들 눈도 못 마주치던 애가 이 악물고 곡 쓰는 거?

ㄴ맞아. 맞아. 진짜 너무 기특해ㅠ

ㄴ난 제니 헤트니도 올라갔으면 좋겠음. 아프리카 오지에서 있던 애가 어떻게 여기까지 올라왔는데 ㅠㅠ

ㄴ꼭 성공해서 자기 마을에 급수시설 설치하고 싶다는 인터뷰 보니까 좀 찡하더라.

ㄴ레이라는 가면을 벗어라!

ㄴ정말 의외인 게 다른 사람은 몰라도 니아, 파울, 찰스는 혼날 거라는 생각 못 했거든.

ㄴ그러니까 말이야. 진짜 알 수 없다.

ㄴ그 사람들이라고 해서 곡 만드는 게 쉽겠어?

ㄴ유명하니까 저 사람들은 그럴 줄 알았지.

ㄴ나도 그렇게 생각했는데 진짜 음표 하나 넣고 빼는 것도 엄청 신중하게 하더라.

┗그 와중에 찰스가 너무 웃기던델ㅋㅋㅋ

┗나도나돜ㅋㅋㅋ 푸벵옹이 찬송가 만들 거면 교회로 가라고 소리치니까 꽁해 있는 거 세상 졸귘ㅋㅋㅋ

┗미사라고 했음.

┗진지해서 더 웃곀ㅋㅋㅋ 사카모토가 모티브는 어떻게 따왔냐고 물으니까 배도빈 생각하며 썼대잖앜ㅋㅋ 배도빈 생각하면서 쓰는 곡이 미샄ㅋㅋㅋㅋ

┗진지해서 웃기다니. 난 그 광기 어린 표정 때문에 무섭던데.

시청자들이 저마다의 의견을 채팅으로 남기기를 얼마간.

나카무라 료코가 연주한 배도빈 비올라 소나타와 함께 거장의 선택이 시작되었다.

"안녕하십니까, 거장의 선택 진행을 맡은 우진입니다. 오늘은 엄격한 기준으로 선별된 8명의 참가자가 지난 한 주간 완성한 곡으로 평가받게 됩니다."

우진이 천천히 걸어 나왔고 카메라가 그의 움직임에 맞춰 이동하였다.

무대 전면에서 멈춘 화면은 여덟 참가자의 이름과 사진이 게시된 스크린을 확대해 잡았다.

"과제는 소나타 양식의 20분 이상의 곡을 완성하는 것이었습니다. 평가는 심사 위원마다 10점씩, 총 60점 만점으로 평가

됩니다. 이중 결승에 오를 사람은 단 4명."

우진의 목소리에 힘이 들어갔다.

"장애를 딛고 다시 일어선 니아 발그레이가 차지할까요?"

"아니면 또 다른 도전을 시도한 파울 리히터가 진출할까요."

"세계 최고의 바이올리니스트 찰스 브라움이 작곡가로서도 정점에 이를 것인지."

"아니면 1라운드에서 압도적인 점수 차이를 보인 정체불명의 음악가, 레이라가 다시 한번 기적의 곡을 발표할지 주목해 봅니다."

"하지만 결코 독주라고는 할 수 없죠. 마왕의 제자, 프란츠 페터 역시 강력한 결승 진출 후보입니다."

우진은 각 참가자를 소개하며 분위기를 고조시켰다.

시청자들은 역시나 가장 많은 관심을 받는 다섯 명에 집중하였고 박준수와 제니 헤트니도 조금이나마 관심을 얻었다.

그러나 타마키 히로시에 대해서는 이렇다 할 반응이 없었다.

마음이 동할 이야기도 없었으며 주목받을 만큼 인상적인 곡을 발표한 것도 아니었기에 당연한 일이었다.

"그럼! 프란츠 페터를 시작으로 2라운드 심사를 시작하겠습니다! 프란츠 페터 군, 무대로 나와주세요!"

대기실에 있던 프란츠 페터가 나윤희, 왕소소, 다니엘 홀랜드, 스칼라와 함께 세트장으로 나섰다.

겁 많고 조심스러우며 소심했던 소년의 걸음은 당당했다.

떨지 않았다.

프란츠 페터는 이 무대가 타마키 히로시가 그토록 서길 바랐던 장소라는 것을 상기했다.

'최선을 다해야 해. 타마키 형이 보고 있을 거야.'

소년은 방송에 나서는 부담도, 심사위원단을 향한 두려움도 온전히 받아들였다.

의지를 다진 프란츠 페터의 눈이 빛났고 그것을 확인한 배도빈은 내심 고개를 끄덕였다.

"바이올린, 첼로, 베이스, 하프의 4중주라."

브루노 발터가 묘한 조합을 확인하곤 턱을 매만졌다.

"개성 강한 네 개의 현악기를 모두 다뤄보려 했습니다. 모두가 주인공으로 자기 역할을 할 수 있게요."

"사공이 많으면 배가 산으로 간다고 하죠. 쉽지 않은 시도지만, 좋습니다. 들어보도록 하죠."

작곡 의도를 밝힌 프란츠 페터가 돌아서서 연주자들을 향했다.

이내 나윤희가 블러드 와인을 켜기 시작했다.

배도빈은 유일한 제자가 펼치는 곡을 들으며, 프란츠의 재능을 다시금 확인할 수 있었다.

'나조차 쉽지 않은 일이었어.'

음악의 맛을 살리는 가장 효과적이고 쉬운 방법은 말하고자 하는 바를 명확히 하는 것이다.

강조하고 싶은 부분은 음량을 키우고 앞선 음을 여리게 연주하는 것만으로도 충분했다.

악기도 마찬가지.

이렇게 여러 악기가 사용되는 곡에서는 주선율을 연주하는 메인 악기가 있기 마련이고.

나머지는 그것을 돋보이게 하는 법이 효과적이었다.

지금 프란츠 페터의 곡처럼 여러 악기가 각자의 목소리를 잃지 않으며 하나의 이야기를 이루는 일은 결코 쉽지 않았다. 도리어 곡이 난잡해지기 쉬웠다.

그러나 프란츠는 놀라운 감각으로 곡을 조율해냈다.

악보만 보아도 알 수 있었다.

하늘이 내려준 재능.

비록 지식은 일천하나 악기와 음표를 어떻게 배치해야 하는지 본능적으로 알고 있는 듯했다.

하지만 가혹했던 어린 시절과 그래서 유약해질 수밖에 없었던 성격, 자존감이 없었던 페터는 모든 일에 적극적으로 달려들지 못했다.

그러나 의지를 다진 소년은 이번 콩쿠르를 통해 무대에 오르는 의미를 깨닫고 있었다.

지휘봉이 망설이는 일은 없었다.

'그래. 이걸로 됐어.'

배도빈은 프란츠에게 8점을 주었다.

프란츠 페터가 고혹적인 하모니를 자랑한 뒤로 박준수, 니아 발그레이, 찰스 브라움, 레이라, 파울 리히터, 제니 헤트니가 차례로 나서서 곡을 발표했다.

심사위원단은 4시간이 넘도록 날카로운 시선과 엄격한 태도를 유지했으나 내심 참가자들의 기량에 감복했다.

첫째는 배도빈 이후 이렇다 할 젊은 음악가가 없다고 생각했던 그들의 예상이 틀렸기 때문이고.

둘째는 참가자들이 과제를 수행함에 편법을 저지르거나 편이한 태도 없이 정직하게 임했기 때문이었다.

모든 참가자는 심사위원단이 경고했던 코드를 남용한 그럴듯한 분위기의 곡을 지양했다.

무엇을 말하고 싶은지 명확하게 하여 듣는 사람이 쉽게 받아들일 수 있는 곡을 만들었다.

사카모토 료이치는 이미 결승전에 진출할 이가 누가 되었든 결코 머지않은 미래에 이 참가자들이 주목받을 거라 믿었다.

적어도 이 방송을 지켜보고 있는 시청자라면 본인과 같은 생각을 하고 있을 거라 믿었다.

'정말 새로운 세대가 나타났구나.'

사카모토 료이치는 이제는 진정 새로운 시대가 열렸다고도 확신했다.

배도빈이 활짝 열어젖힌 격정의 문을 넘어선 이들이 지금 눈앞에서 각자의 기량을 뽐내고 있으니 기쁘기 그지없었다.

그럴수록 타마키 히로시의 부재가 안타까웠다.

'분명 이들과 함께 어깨를 나란히 할 수 있는 아이였을 텐데.'

사카모토 료이치는 앞으로 각자의 영역에서 꽃을 피울 이들을 축복하며 동시에 타마키 히로시를 애도했다.

"이제 마지막 참가자만이 남았습니다."

사회자 우진이 마이크를 잡았다.

세트장 정면의 대형 스크린에 앞서 발표한 일곱 참가자의 이름과 그들이 획득한 점수가 순차적으로 표시되어 있었다.

1st 레이라 57 point

2nd 니아 발그레이 54 point

3rd 프란츠 페터 48 point

3rd 찰스 브라움 48 point

5th 파울 리히터 47 point

6th 박준수 42 point

7th 제니 헤트니 40 point

니아 발그레이와 레이라가 진출을 확정하고, 프란츠 페터와 찰스 브라움이 여덟 번째 참가자의 점수에 따라 향방이 결정되는 상황.

분전했던 파울 리히터와 박준수, 제니 헤트니는 탈락이 확정되어 있었다.

모든 평론가가 베토벤 기념 콩쿠르에 관한 글을 쓰기 저어하는 상황에서 용감히 취재 나온 차채은은 1라운드 때와는 전혀 다른 양상에 머리를 바삐 굴렸다.

'40점 이하가 없어.'

하위권은 여전히 상위권과 큰 점수 차를 보였지만, 분명 일주일 전과는 비교할 수 없을 정도로 훌륭한 곡을 내놓았다.

차채은은 누가 진출하고 누가 떨어진 것에 집중하지 않았다.

대신 그 어떤 콩쿠르보다 엄격한 기준으로 평가받는 베토벤 기념 콩쿠르에서, 일곱 명의 참가자 전원 1라운드보다 높은 점수를 받았다는 데 의의를 두었다.

참가자들이 실시간으로 성장하는 콩쿠르.

특히 비록 최하위였으나 제니 헤트니는 6점이나 올라, 프란츠 페터와 함께 가장 점수가 많이 오른 참가자였다.

실제로도 모든 참가자의 곡이 현장에서 좋은 반응을 이끌었다.

'얼마나 노력한 거야.'

차채은은 당장 오늘 쓸 이야기를 정리하며 마침 사회자가 마지막 참가자를 언급하기에 자세를 바로잡았다.

"그럼, 마지막 참가자 타마키 히로시 씨를 모시도록 하겠습니다."

우진이 힘차게 타마키를 불렀다.

그러나 그가 나오는 일은 없었고 스태프 중 한 명이 급하게 다가가 귓속말을 전했다.

시청자들은 의아해했고 상황을 전달받은 우진이 다시 마이크를 들었다.

"타마키 히로시 씨의 과제곡을 연주해 주실 분을 모시도록 하겠습니다."

우진의 진행에 시청자들이 불만을 토로했다.

ㄴ뭐야, 제출일에도 안 나오는 거야?

ㄴ대체 무슨 일이기에 참석도 안 하는데?

ㄴ상황 좀 알려주면 좋겠다.

ㄴ그러니까. 다들 이렇게나 열심히 했는데 솔직히 방송에 안 나오는 것도 그렇고. 좀 그럼.

ㄴ무슨 사정이 있겠지. 배도빈이 주최한 콩쿠르고 심사위원단이 저런 사람들인데, 공정하지 않을 리 없잖아.

시청자들의 반응은 타마키 히로시의 곡을 연주할 사람이 모습을 드러내면서 더욱 격해졌다.

현재 베를린 필하모닉 소속이자 전 세계, 음악계 역사를 뒤져도 이보다 완벽한 피아니스트가 있을까 싶은 남자.

가우왕.

지나친 퍼포먼스로 팬만큼이나 안티도 많은 피아니스트였으나 곡에 대한 신념만은 그 누구도 함부로 말할 수 없는 남자.

그가 배도빈의 작품 외, 다른 현대곡을 연주하지 않는다는 사실은 잘 알려져 있었다.

그런 가우왕이 나섰다는 사실과.

그가 트레이드마크나 다름없는 붉은 정장이 아닌, 멀쩡한 검은 정장을 입고 나왔다는 사실에.

타마키 히로시의 불참에 불만을 표출했던 이들 모두 무엇인가가 있다고 직감했다.

가우왕은 평소와 달리 가볍게 인사할 뿐, 그대로 피아노 앞으로 향한 뒤 눈을 감고 건반에 손을 얹었다.

곧.

청명하고도 차분한 아르페지오가 천천히 세트장을 채워나갔다.

맑디맑은 피아노 소리와 함께 전해진 네 마디의 아르페지오가 한 번 더 반복되었다.

스포르찬도를 통해 긴장감이 조성되며 앞선 주제를 보다 깊이 파고들었다.

한 번 더.

가우왕은 반주를 연주하는 손에 힘을 뺐다.

반주가 매우 여리게 연주되면서 멜로디를 연주하는 손은 더욱 많은 음을 연주했다.

그 과정에서 주제가 보다 명확히 전달되었다.

다시 한번.

이번에도 주제를 반복되었지만 앞서 연주된 어떤 구절과도 같지 않았다.

누구에게도 인정받지 못했던 음악가가 평생을 담고 있었던 이야기.

마침내 그것을 속에서 끄집어낸 듯, 연주는 집요하고 능숙하게 주제를 풀어냈다.

아우프탁트(여린 박자)를 덧붙이고 세기를 조절함으로써 듣는 이가 지루하지 않게 전달하였다.

음을 추가하고 화성을 배치하며 악상을 풍부하게 느끼도록 유도하여 자신을 가꾸었다.

가우왕의 손이 조금씩 빨라졌다.

청명하던 악상은 주제가 변형될수록 암울해졌고 끝내 격렬한 연주로 이어졌다.

분노였다.

누구보다도 갈구했으나 끝끝내 손에 쥘 수 없었던 음악가로서의 성공.

타마키 히로시는 가우왕의 손을 통해 자신의 울분을 전하고 있었다.

자신을 이용했던 협회를 향한 원망과 그들에게 이용당했던 자신의 무지를 자책이었다.

피아니스트로서의 생이 다했을 때의 절망이.

무게 실린 타건을 통해 그대로 전달되었다.

'이렇게 연주하고 싶었냐.'

가우왕은 타마키 히로시를 몰랐다.

몇 번 마주친 적이 있을지 모르겠으나 가우왕에게 평범한 작곡가 지망생은 관심 밖의 존재였다.

기억할 리 없었다.

그러나 악보를 보는 순간 그가 한 사람의 음악가로서 어떤 삶을 살았는지 대강 짐작할 수 있었다.

악보 곳곳에 남은 땀과 눈물 자국.

상상하지 못할 고통을 겪으며 완성해낸 타마키 히로시 피아노 소나타 F단조, '타마키 히로시'는 미성숙한 대가의 초기작을 보는 듯했다.

미숙한 부분은 있었으나.

주제가 가진 심미함과 그것을 치밀하게 전개해 나가는 과정에서 생긴 흡입력.

이런 곡을 쓰는 사람이었다면 좀 더 지켜볼 것을.

가우왕은 그렇게 아쉬워했다.

그는 타마키 히로시가 남긴 마지막 곡을 연주함으로써 그와 대화하고 그의 목소리를 대신 전달하는 것으로 그 아쉬움을 달랬다.

악장이 바뀌었다.

격렬하게 마무리되었던 1악장과 대조되는 2악장은 3/4박자의 소박한 음형을 그리고 있었다.

사고 후.

모든 것을 내려놓은 타마키 히로시는 고향에서 자연과 배도빈의 곡을 벗 삼아 마음을 치유했다.

평온을 되찾은 그때의 기억이 상승 배열의 두 번째 주제로 형상화되었다.

아파쇼나토(Appassionato, 정열적으로).

타마키 히로시는 이어지는 전개에 그런 지시문구를 달았다.

2악장 전체에 안단테(느리게)가 붙어 있음에도 타마키 히로시는 이곳에 정열을 담고 싶어 했다.

온화한 자연 속에서 열정을 가졌던 자신을 보여주고 싶었다.

가우왕은 그것을 온전히 표현해 주었다.

'피아노를 못 치면 치고 싶은 곡을 만들면 돼. 배도빈, 블레하츠, 가우왕 같은 피아니스트가 연주하고 싶은 곡을 만들면 되잖아.'

희망과 의지를 되찾은 타마키 히로시가 펜을 들었을 때의 기분이 타건에 그대로 묻어나왔다.

기교를 넘어서 곡에 잠재된 진정한 가치를 끄집어낼 수 있는 역사상 최고의 비르투오소였기에 가능했던 일.

청년의 순수한 정열이 8분음표의 스케일과 함께 확대되었다.

귀결에 이르러.

연결되어 지시된 포르테가 그 열정에 방점을 찍고 말았다.

청중들은 순수하게 기뻐했다.

'언제냐.'

마지막 3악장을 앞두고.

가우왕은 타마키 히로시의 지시문에 따라 잠시간 연주를 멈추었다. 그러면서도 끊임없이 그에게 물었다.

'언제 시작하려 했지?'

네가 바라던 연주가 무엇이냐고.

무엇을 그렸냐고 반복해 확인하였다.

타마키 히로시는 대답했다.

악보를 통해 그가 바랐던 이야기를 착실히 대답하였다.

2악장의 희망찬 분위기가 차분히 가라앉자, 가우왕이 동시에 여덟 개의 건반을 눌렀다.

상체를 숙이며 무게를 더한 타건이 폭발하듯 세트장을 가득 채웠다.

어떤 연주가 이어질지 기대하고 있던 청중은 깜짝 놀라고 말았다.

너무도 희망적이었던 2악장과 달리 3악장은 절규였다.

남자는 피를 토하고 울부짖었다.

고열에 정신이 아득해지면서도 삶과 음악을 향한 의지를 지켜나갔다.

때로는 너무나 고통스러워 울기도 때로는 한에 차 울부짖기도 했다.

남자가 흘린 눈물과 목 놓아 부르짖은 꿈이 짐승의 포효처럼 울렸다.

배도빈 이후 이렇게 격렬했던 곡이 또 있었던가.

본색을 드러낸 가우왕이 절기를 뽐냈다.

격정적인 연주가 아이러니하게도 너무도 우아하게 들렸다.

단단하고 정확한 타건 그리고 세심한 끝처리.

가우왕은 음이 보다 풍부히 울리도록 페달과 손가락을 슬쩍 들었다.

벌써 10년도 더 된 이야기.

배도빈이 타건을 달리 하는 것만으로도 피아노 소리를 달리 낼 수 있다고 말했던 것을 지금은 완벽히 수행할 수 있었다.

집착과도 같은 고집으로 완성한 완전무결의 연주.

'이걸 치고 싶었던 거냐?'

가우왕은 속으로 웃었다.

타마키가 적어 놓은 지시문으로, 그가 누구를 쫓아 이곳에 이르렀는지 알 수 있었다.

'죄 많은 놈이라니까.'

가우왕은 평소의 과장된 퍼포먼스를 최대한 지양하며 분노의 1악장과 정열의 2악장을 지나.

고통에 몸부림치는 3악장에 혼신을 다했다.

단 한 마디도 나누지 않은 사이였으나 연주를 완성하는 과정에서 그를 이해할 수 있었다.

속을 게워내고도 다시 음식을 밀어 넣고, 한계를 넘어선 고통에 몸부림치더라도 끝끝내 펜을 놓지 않았던 의지가 온전히 연주되었다.

평생을 바랐던 선율이 완벽히 전달되고 있었다.

절절하게 부르짖는 소망이 간절히 울렸다.

음악을 향한 애틋함이 풍파를 맞이해 굴할 듯 굴하지 않고 이내 격정으로 치달았다.

그 순간.

마지막 노트가 연주되었고.

세트장도 채팅창도 고요했다.

이토록 격렬한 연주를 들었음에도 가슴속에서 스물스물 피어오르는 안타까움과 연민 그리고 우아함.

그 순수한 감동에 누구 하나 쉽게 입을 열지 못했다.

오직 사회자 우진만이 그가 해야 하는 일을 수행하고자 어렵사리 분위기를 깨고 말았다.

"마지막 참가자 타마시 히로시 씨의 과제곡, 피아노 소나타 F단조 타마키 히로시였습니다."

카메라는 입술을 꽉 깨물어 감정을 달래는 우진을 잡고 있었다.

콩쿠르 운영위원회로부터 전달받은 카드를 쥔 우진의 손은 힘이 들어간 듯 파르르 떨리고 있었다.

우진은 침을 두어 번 삼킨 뒤에야 제 목소리를 낼 수 있었다.

"심사를 시작하겠습니다. 먼저 마에스트로 토스카니니께 부탁드립니다."

토스카니니는 잔뜩 인상을 쓴 채 입을 열었다.

"누구를 보고 말해야 하지?"

"우선, 부탁드립니다."

토스카니니는 마땅치 않다는 듯 인상을 쓰면서도 악보를

다시 한번 살피고 입을 열었다.

"모든 과제곡을 들었지만 가장 충격적이었다. 1라운드와 비교하면 정말 같은 사람이 쓴 곡인가 싶을 정도로 발전했어. 2악장의 주제 하강을 셋잇단음표 아우프탁트로 구성한 점은 인상적이군. 3악장은 솔직히 몇 명이나 제대로 연주할 수 있을지. 가우왕이 연주자로 나선 이유를 알 것 같다."

"그렇다면 점수는?"

"······9점 주지."

아르투로 토스카니니가 점수를 부여하자 프란츠 페터가 주먹을 꽉 쥐었다.

'제발.'

소년은 진심으로 타마키 히로시의 곡에 탄복했다.

지식이 많고 노력하는 형이었지만 지금까지 그 가능성을 드러낸 곡은 만들지 못했다.

그러나 적어도 이번만큼은 소년 프란츠 페터의 가슴을 요동치게 만들었다.

프란츠 페터는 심사위원과 팬들도 자신과 같은 마음이길 간절히 소망했다.

그러는 가운데 마리 얀스와 빌헬름 푸르트벵글러가 심사를 마쳤고 배도빈의 차례가 왔다.

그는 담담한 목소리로 심사했다.

"자신의 뜻을 전달하는 일은 쉽지 않습니다. 적절한 화법을 구사하지 못하거나 요점을 둘러 말하면 듣는 사람이 지치기 마련이죠. 하물며 명확한 뜻을 포함하지 않는 음악은 더욱 그러합니다."

역사상 가장 위대한 음악가 중 한 명의 강의였다.

"음악도 넓은 의미에서는 대화입니다. 작곡가는 자신의 생각과 미학, 기분을 음표로 표현하죠. 그것이 청중에게 다가가기 위해서는 마찬가지로 적절한 기능을 수행해야 합니다."

배도빈의 시선은 참가자들을 향하고 있었다.

악성은 타마키 히로시뿐만 아니라 모든 음악가에게 당부했다.

"곡을 쓸 때 항상 기억하시기 바랍니다. 그럴듯한 거짓보다 어수룩한 솔직함이 결국에는 여러분 곁에 사람이 모이도록 할 겁니다. 진심을 있는 그대로 표현하려고 했을 때, 듣는 사람도 여러분의 이야기에 귀 기울일 겁니다. 이 곡처럼요."

말을 마친 배도빈이 점수를 입력했고 스크린에 9점이 찍혔다.

시청자들 모두 경악했고.

이어지는 사카모토 료이치, 브루노 발터 역시 고득점을 주면서 아무도 예상하지 못했던 일이 벌어지고 말았다.

1st 레이라 57 point

2nd 니아 발그레이 54 point

3rd 타마키 히로시 50 point

4th 프란츠 페터 48 point

4th 찰스 브라움 48 point

6th 파울 리히터 47 point

7th 박준수 42 point

8th 제니 헤트니 40 point

"아아아악!"

타마키 히로시가 총점 50점을 기록하며 3위로 등극한 순간, 프란츠 페터가 오열했다.

누구에게도 인정받지 못했던 음악가가 비로소 꽃을 피웠음에 기쁜 마음이었고.

동시에 이 순간을 함께하지 못한다는 깊은 슬픔 때문이었다.

ㄴ느낌이 오긴 했는데 50점을 넘겨 버리네;;

ㄴ뭐라고 해야 좋을지 모르겠다. 진짜 너무 몰입했음. 분명 곡은 빠르고 격정적인데 너무 슬프고. 기분 이상해.

ㄴ솔직히 타마키 히로시의 태도는 그다지 내키지 않는데 곡만큼은 깔 수 없다. 미쳤네 그냥.

ㄴ가우왕이 연주해서 그런 거 아님?

ㄴ저 심사위원들이 그거 하나 못 잡아냈을 것 같냐?

└나 진짜 소름 돋았어. 위에 누가 한 말처럼 이상한 기분인데, 자꾸 마음이 가네.

└진짜 생각이 없는 건지 어린 건지 모르겠네. 태도를 문제 삼는 건 그렇다 치고 저걸 듣고도 의심하는 게 신기하다.

└페터 왜 저래?

└그러게. 너무 슬프게 우는데.

└떨어져서 그런가?

└ㄴㄴ 어차피 찰스 브라움이랑 동점이라 떨어진 게 확정된 건 아님.

└그럼 왜 저렇게 울어?

피아노 소나타 '타마키 히로시'에 감탄한 시청자들은 심사위원들의 평가에 놀라면서도 엎드려 우는 프란츠 페터를 의아히 지켜보았다.

그때 사회자 우진이 나섰다.

"좋은 말씀 감사합니다. 이로써 2라운드가 종료되었습니다. 3라운드를 안내해야 하지만…… 그에 앞서 방금 전달받은 사실을 전달해 드리고자 합니다."

우진은 눈을 감고 입을 굳게 닫은 채 감정을 추슬렀다.

"어떻게 말씀드려야 할지 모르겠네요. 타마키 히로시 씨가 그제, 눈을 감으셨다고 합니다."

그의 투병과 사망 사실을 몰랐던 심사위원과 참가자 그리고 시청자 모두 귀를 의심했다.

"2라운드에 참가하지 못했던 이유도 투병 때문이었던 것으로 확인되었습니다. 모친께서 타마키 히로시 씨의 말을 전하시기로, 음악으로 평가받길 바라는 마음에 시청자분들과 심사위원께 사실을 고하지 않았음을 사죄드린다고 하셨답니다."

모든 것이 밝혀지는 순간이었다.

충격적인 사실에 타마키 히로시의 태도를 비난하던 이들은 채팅창에서 사라졌다.

혼신을 다해 함께 경쟁했던 참가자들은 타마키 히로시의 마음을 헤아리며 저마다의 방식으로 그를 애도했다.

"아까운 사람이 갔군."

아르투로 토스카니니가 읊조린 말을 끝으로 장장 4시간 동안 이어진 '거장의 선택'이 마무리되었다.

엎드려 흐느끼던 프란츠 페터는 몸을 웅크린 채 일어서질 못했고.

자신이 살아 있었음을 기억해 주길 바라는 마음에서 이름 붙인 피아노 소나타 '타마키 히로시'는 거장의 선택이 끝난 뒤에도.

미시시피 프라임 비디오 서비스에서 계속해서 반복되어 재생되었다.

102악장

알아

2라운드 종료 후.

레이라, 니아 발그레이, 프란츠 페터가 결승에 진출하였다.

찰스 브라움은 본래 결승에 진출할 사람이 있었다며 그 자리를 빼앗고 싶지 않다는 뜻을 내비쳐 스스로 자격을 포기하였다.

베토벤 기념 콩쿠르 운영 위원회는 이 같은 상황을 어떻게 처리해야 좋을지 의논했으나 이렇다 할 묘안을 찾지 못했다.

찰스 브라움이 타마키 히로시의 자리를 빼앗을 순 없다고 했으나, 그가 더 이상 참가할 수 없었기에 여전히 결승 진출자 자리는 하나 비어 있었고.

이것을 공석으로 둘지.

아니면 그다음으로 높은 점수를 획득한 파울 리히터에게

기회를 줘야 하는지 쉽게 판단할 수 없었다.

운영 위원장 히무라 쇼우는 당사자들에게 의견을 묻기로 하였고 운영위는 참가자들이 고향으로 돌아가기 전, 서둘러 그들을 불러모았다.

상황은 그들의 예상보다 쉽게 해결되었다.

상황을 전해 들은 참가자들이 차례로 결승 진출을 포기한 것.

파울 리히터, 박준수, 제니 헤트니 모두 타마키 히로시가 정당하게 차지한 자리를 그의 불행으로 얻을 순 없다며 거절했다.

남은 문제는 프란츠 페터였다.

"요행으로 올라가고 싶지 않은 건 저도 마찬가지예요. 그렇다고 스스로 포기하고 싶지도 않아요."

목소리를 잔뜩 떨면서도 자신의 생각을 분명히 전한 프란츠 페터 덕분에 운영 위원회는 다시 한번 난감해졌다.

타마키 히로시가 살아 있었다면 원칙적으로는 프란츠 페터와 찰스 브라움이 재대결을 하여 네 번째 진출자를 정해야 했다.

그러나 찰스 브라움을 비롯한 나머지 참가자들이 모두 자진 하차하면서 자리가 비어버린 것.

이 무대의 가치와 타마키 히로시의 염원을 절실히 느낀 프란츠 페터는 세 번째 자리가 타마키의 것이라고 생각.

나머지 한 자리를 두고 찰스 브라움과 경쟁하길 바랐다.

타마키 히로시의 진출을 바라는 모든 참가자가 프란츠 페터의 뜻에 공감하여 이러지도 저러지도 못할 때.

찰스 브라움이 입을 열었다.

"레이라, 발그레이, 타마키. 그리고 한 자리가 비었지?"

"네."

"그러니까 그다음 점수인 너와 내가 따로 경합을 해야 한다는 말이고."

"네."

프란츠 페터는 고개를 끄덕였다.

이길 수 있을 리가 없었다.

찰스 브라움이 배도빈을 향한 병적인 집착만 버렸다면 현재로서는 프란츠가 그를 넘어설 가망은 조금도 없었다.

1, 2라운드 결과 모두 찰스 브라움이 심사 기준에 그리 신경 쓰지 않았던 탓.

그럼에도 프란츠는 그래야 한다고 생각했다.

콩쿠르는 신성한 무대.

생을 다해 모든 것을 쏟아부어 경쟁하는 자리였다.

설사 이러한 선택으로 결승에 진출하지 못하고, 그리하여 배도빈과의 약속을 지키지 못한다고 해도 프란츠는 자신의 부족함을 탓해야 한다고 생각했다.

각오와 의지를 다진 소년은 찰스 브라움이 자신을 건방지게 여기지는 않을까.

배도빈을 실망시키면 어떻게 해야 하나와 같은 걱정에 잔뜩 겁먹었으면서도 찰스 브라움의 시선을 피하지 않았다.

소년을 내려다보던 찰스 브라움이 어깨를 으쓱였다.

"그럼 뭐가 문제라는 거야?"

"……네?"

"그래. 그렇게 하자고. 너랑 나랑 재대결하게 생겼는데, 기권하겠다고."

너무나 명쾌한 반응에 프란츠 페터가 잠시 멈췄다.

"하, 하지만."

"잘 들어. 네가 무슨 생각을 하는지는 알고 있지만 넌 결승에 오를 자격이 있어. 그리고 그런 말을 꺼내기엔 한참 멀었고."

프란츠 페터의 얼굴이 빨갛게 달아올라 터질 것만 같았다.

"네가 정말 느낀 게 있다면 다른 거 신경 쓰지 말고 우승할 생각만 해. 네게 기대하고 있는 건 배도빈뿐만이 아니니까."

"……네!"

"그래. 조금은 씩씩해졌구만."

찰스 브라움이 프란츠 페터의 등을 툭 치고 미팅실을 벗어났다.

그간 교류를 나누었던 박준수, 제니 헤트니는 얼떨떨해 있는 프란츠 페터를 응원하였고 그 모습을 지켜본 배도빈은 만족스럽게 미소 지었다.

그리고 베토벤 기념 콩쿠르 운영 위원회는 참가자들의 뜻을 존중해 마지막 라운드 진출자 명단을 발표하였다.

베토벤 기념 콩쿠르 파이널리스트

레이라

(비공개)

니아 발그레이

(43세, 이탈리아, 베를린 필)

타마키 히로시

(26세, 일본, 베를린 필)

프란츠 페터

(16세, 독일, 베를린 필)

베토벤 기념 콩쿠르를 지켜봤던 팬들은 위원회가 전달한 참가자들의 뜻을 접할 수 있었다.

영광의 무대를 위해 최선을 다하면서도 다른 참가자를 존중하는 태도는 큰 호응을 얻었고 그 과정에서 찰스 브라움이 보인 행동은 여러 음악가의 귀감이 되었다.

ㄴ저렇게 되면 결국에는 3명이 경합하는 거네?

ㄴ주최측이나 참가자들이 잘 생각했지. 타마키가 참가하지 못하더

라도 이름을 빼는 건 도리가 아닌 듯.

    ㄴ찰스 단순히 찌질한 치질 환자인 줄 알았는데 저런 면이 있네.

    ㄴ사람이 이상한 쪽으로 맛이 가서 그렇지 알고 보면 대단한 위인임.

    ㄴ꽤 오래 전부터 음대가 북미로 넘어오고 유학도 그쪽으로 많이 가는데, 찰스 브라움이 베를린 대학에 음대 건립하면서 정말 많이 애씀.

    ㄴ차별받지 않고 배울 수 있게 유학생 대상으로 한다며?

    ㄴㅇㅇ. 교육자로서도 음악가로서도 우습게 볼 사람이 아님.

    ㄴ우습게 안 봤는데. 웃기게 봤는데.

    ㄴ그건 또 ㅇㅈ하지요

    한편.

    당당히 결승에 진출한 타마키 히로시는 어머니와 함께 고국으로 돌아갔다.

    배도빈은 그의 자가용기를 비롯하여 장례절차 및 위로금을 지급하였다.

    타마키 준코가 극구 사양했으나 배도빈은 타마키 히로시가 남긴 곡이 베를린 필하모닉에서 연주되는 한 그도 단원이라며 그녀를 설득했다.

    비록 본인이 사망하였기에 서류상으로는 이뤄질 수 없는 일이었지만 베를린 필하모닉은 타마키 히로시를 정식 단원으로 대우하였다.

타마키 준코는 배도빈, 이자벨 멀핀에게 피아노 소나타 F단조, '타마키 히로시'를 연주해 준다면 더 바랄 게 없다는 뜻을 전했고.

저작권 상속자로서 '타마키 히로시'에 대한 사용권 전반을 베를린 필하모닉에 위임하였다.

그렇게 베토벤 기념 콩쿠르와 베를린 필하모닉은 가장 앞선 문제를 해결하였고.

일주일간의 강행군 끝에 이틀의 휴식을 맞이하였다.

프란츠 페터와 스칼라는 여전히 슬픔에서 벗어나지 못했지만 적어도 넘어진 채 남아 있진 않았다.

이틀 만에 '타마키 히로시'가 재생된 수가 240만 건을 돌파하며 큰 관심을 얻고 있는 사실이 그들을 작게나마 위로한 덕이었다.

그리고.

한 평론가가 유명 잡지에 글을 게시하여 콩쿠르 참가자들을 재조명하였는데 그 또한 적지 않은 파문을 일으켰다.

[음악가를 바라보는 여러 시선]

2025년 12월 1일부터 시작된 제3회 베토벤 기념 콩쿠르가 벌써 보름 넘게 진행되고 있다.

앞서 사카모토 료이치가 인터뷰에서 밝혔듯이 심사위원단 구성으로 주목받은 베토벤 기념 콩쿠르는 이제 온전한 주인공을 찾은 듯하다.

그 무대에 서기 위해 피와 땀을 흘린 참가자를 향한 관심이 날로 커지는 추세다.

현재 미시시피 프라임 비디오 서비스에서는 베토벤 기념 콩쿠르에서 발표된 곡을 따로 서비스하고 있는데, 그 영상들의 조회 수가 매시간 경신되고 있다.

니아 발그레이의 '에스더'와 레이라의 바이올린 소나타 F단조, '무제'가 각각 700만 건을 넘어섰고.

프란츠 페터가 작곡한 피아노와 현악기를 위한 7중주, '마왕'이 610만 건으로 그 뒤를 바짝 추격 중이다.

공개된 지 이틀밖에 안 된 2라운드 곡을 향한 관심도 뜨겁다.

작곡가 타마키 히로시의 유작 '타마키 히로시'가 이틀 만에 240만 건을 기록하였고 레이라, 찰스 브라움, 프란츠 페터, 니아 발그레이의 곡이 그 뒤를 추격하고 있다.

2라운드 진출자를 향한 음악 팬들의 관심과 사랑은 더할 수 없이 커져, 인터넷 커뮤니티 사이트나 여러 SNS 등지는 온통 니아 발그레이, 찰스 브라움, 레이라, 프란츠 페터, 타마키 히로시에 관한 이야기로 가득하다.

필자 역시 한 사람의 팬으로서 이 아름답고 숭고한 경쟁이 즐겁다.

동시에 살아남기 위해 치열하게 힘쓰는 그들을 보며 안타까움을 느끼기도 한다.

그러나 그들 참가자를 향한 사회의 시선은 과연 올바른가. 또 참가자들은 정당한 평가를 받고 있는가.

이 글을 통해 필자가 느꼈던 의문과 고민을 함께해 주길 바라며 질문을 던져 본다.

우선 베토벤 기념 콩쿠르의 주최측은 그들 대회의 취지가 뛰어난 기량을 지니고 있음에도 조명받지 못했던 인물을 발굴함에 있다고 밝힌 바 있다.

베토벤 기념 콩쿠르가 최고의 음악가들이 참가자들을 가르치는 형태로 진행됨과는 대비되는데, 실제로 거장을 사사한 참가자들은 짧은 기간 안에 큰 폭으로 성장함을 증명하였다.

2라운드에서 우리는 스스로의 한계를 넘어서고자 발버둥 치는 참가자들의 모습을 볼 수 있었다.

실제로 참가자 대부분이 1라운드 대비 높은 점수를 얻은 것이 확인되었다.

제니 헤트니와 프란츠 페터는 1라운드와 대비해 6점 더 높은 점수를 획득했으며, 타마키 히로시의 경우에는 무려 12점이 상승하는 저력을 보여주었다.

이 과정은 베토벤 기념 콩쿠르가 지향하는 가치가 사실, 참가자들에게 기회를 주는 일뿐만이 아니라 그들의 역량을 키우려는 의도가 있었음을 알 수 있고 참가자들도 그에 훌륭히 호응했다는 점을 보여주고 있다.

실로 아름다운 광경이 아닐 수 없다.

그러나 콩쿠르의 특성상 결승에 오를 수 있었던 사람은 단 네 명뿐이었다.

언론과 평단에서는 베토벤 기념 콩쿠르 심사를 맡은 여섯 음악가의 말을 인용하며, 니아 발그레이의 성공적인 복귀와 레이라, 타마키 히로시, 프란츠 페터와 같은 신예들의 시대가 왔음을 보도하기 바쁘다.

그러나 정말 그것으로 괜찮은 걸까.

베토벤 기념 콩쿠르에서 주목받는 결승 진출자 외 박준수, 제니 헤트니 등에 관한 이야기는 조금도 찾아볼 수 없다.

심지어 그들의 음악은 수만 명이 반복해 들을 정도로 훌륭했고 미시시피 프라임 비디오에서 수십만 건의 조회 수를 기록했지만 언론과 평단은 침묵하고 있다.

그들은 뛰어난 기량을 지니고 있으면서도 주목받지 못하는 음악가들을 재조명하려는 베토벤 기념 콩쿠르의 대회적 한계를 애써 무시하고 있다.

박준수의 경우 뉴에이지와 낭만을 줄타기하는 곡을 아름답고 훌륭히 선보였으며 제니 헤트니는 당김음을 적극적으로 활용해 곡 전체의 리듬감을 살리는 멋진 곡을 발표했다.

평단은 왜 이들의 곡을 정당히 평가하지 않고 알리려 힘쓰지 않는가.

베토벤 기념 콩쿠르 2라운드 진출자들이 훌륭한 기량을 지니고 있음에도 콩쿠르의 특성상 일부 인원이 탈락할 수밖에 없는 사실에 평단은 왜 침묵하는가.

또 왜 결승에 진출한 이들에 대해서는 심사위원들이 앞서 언급했던 평을 인용하여 반복하는가.

사실, 평단의 '주류'는 오래된 관행이었다.

평단이 제 기능을 상실하고 개인과 집단의 이득을 위한 단체로 변모한 것은 오래된 일이다.

좋은 작품이나 훌륭한 음악가를 소개하고 질 낮은 음악을 정제해야 하는 역할 대신, 더 많이 관심받는 쪽에 편향되어 금전적 이득을 취하기 바쁘다.

심지어 몇 달 전에는 그들을 향해 쓴소리를 한 음악가를 조직적으로 무너뜨리려 한 정황도 포착되었다.

현재 해당 음악가는 자신의 위치를 잃은 채 여전히 침묵하고 있다.

그들이 해야 할 일을 하지 않고 그것을 넘어서 범죄 행위까지 조장하는 평단이, 언제까지 평론가란 이름을 달고 음악계에 기생할지 한탄스러운 일이다.

오늘은 그러한 의미에서 작곡가 박준수와 제니 헤트니에 대해 소개하고자 한다.

(후략)

-평론가 차채은

차채은이 글이 리드에 게시되자 그녀가 귀여워 어쩌지 못하는 한이슬은 곧장 온라인으로 잡지를 구매, 읽어내렸다.

"큰일 났네."

평단을 향한 정제되지 않은 비난을 접한 한이슬은 차마 입을 닫지 못했다.

♪

　한이슬의 예상대로 베토벤 기념 콩쿠르의 열기에 힘입은 차채은의 글은 많은 사람에게 호응을 얻었다.

　타마키 히로시를 비롯해 콩쿠르에 참가한 이들이 얼마나 자신을 몰아붙이고 노력했는지 깨달은 팬들은 박준수와 제니 헤트니에 대해서도 관심을 가지기 시작했다.

　문제는 그녀가 평단 전체를 비판했다는 점이었다.

　처음에는 그리 유명하지 않은 글쟁이의 한풀이 정도로 여겨 대응하지 않았던 평단도 사태의 심각성을 깨달을 수밖에 없었다.

　차채은의 글을 통해 음악 팬들이 평단을 비난하기 시작한 것이었다.

　┗솔직히 걔들 하는 게 뭐 있나?

　┗그러니까. 그냥 적당한 말이나 써대면서 교수랍시고 돈은 어마어마하게 벌더라?

　┗베토벤 콩쿠르 관련 글 대부분이 심사위원들 말 고대로 인용한 것들임.

　┗다들 차채은 글 본 거야?

　┗ㅇㅇ 근데 의도적으로 매장당한 음악가가 누군지 모르겠어.

　┗아리엘 얀스.

└확실해? 그 사람 안 좋은 이야기 많이 올라오던데.

└그러니까 의도적이라는 거 아냐. 원래 음악계랑 평단이랑 상부상조하는 사이인데 그 일 이후로 좀 서먹서먹하지.

└마리 얀스는 진짜 대놓고 말도 안 되는 일이라고 했는데, 북미 평론가 협회는 걍 무시하는 중.

└어차피 시장이 다르다는 거임.

└사실 음악 주류가 북미랑 유럽이 이분하고 있는 건 사실이니까.

└클래식이 지금처럼 어마어마한 주류 문화가 되기 전에는 북미 압승이었음. 솔직히 그전에는 음악 유학 간다고 하면 무조건 미국이었잖아.

└거기가 영화, 게임, 공연으로 얻는 수익이 훨씬 높기도 하고 음대도 그쪽이 훨 인정받았지.

└인터플레이 이후 한번 물갈이 된 유럽이랑 북미 쪽은 완전 다름. 북미는 그냥 고이다 못해 썩어버림.

└연대도 잘 되어서 잘못 찍히면 매장당하기 일쑤임. 아리엘처럼 인기 있는 사람이 그런 걸 당한 경우는 드물지만.

└뭐야. 그러니까 진짜 아리엘이 의도적으로 공격당했다는 거야?

└그런 의심이 가능하다는 거지.

그러나 모든 사람이 차채은의 뜻을 알아주지는 않았다.

글 게시 후 차채은을 비난하는 무리가 생겨났다.

그녀가 증거도 없이 북미 평론가 협회를 비난했다는 내용이었다.

거기다 북미 평론가 협회의 회원 중 한 명이 날 선 말로 차채은을 힐난하자 상황은 걷잡을 수 없이 확산되었다.

"최근 우리 북미 평론가 협회를 향해 근거 없는 소문을 퍼뜨린 칼럼니스트가 있다고 들었다. 알고 보니 아직 대학도 졸업 못 한 어린애의 말이라 대응할 가치를 못 느끼고 있다. 그녀의 교수는 그녀가 바른길을 걷도록 타일러야 할 것이다."

어른스러운 태도를 취하는 척했으나 차채은의 글을 학사 졸업도 못 한 학부생의 치기 어린 잡설로 가치 절하하는 발언이었다.

그것을 접한 차채은도 가만있지 않았다.

근거 없는 비난이라는 말에 보란 듯이 지난 6개월간 북미에서 발표된 아리엘 얀스에 관한 평론을 분석한 자료를 게시하였다.

그것은 어느 순간을 기점으로 아리엘 얀스에 관한 모든 글이 변했다는 것을 증명하고 있었다.

"만 명 가까이나 되는 사람이 어떻게 6개월간 하나의 논리로 한 사람을 비난할 수 있는지 모르겠네요. 미국 평론가들은 모두 같은 생각을 가졌나? 그럴 거면 뭐 하러 만 명씩이나 자리를 차지하고 있는지, 아직 대학 졸업도 못 한 어린애는 모르겠네요. 가르침 좀 주세요, 박사님."

차채은은 자신을 향한 무도한 발언을 잔뜩 비꼬았고 그것이 전쟁의 시작이었다.

일본에서 취재를 하고 있던 한이슬은 깜짝 놀라 차채은을 찾았다.

차채은은 그녀의 강력한 아군, '리드'의 사무실에서 포도 주스를 마시며 키보드를 두들기고 있었다.

"채은아!"

한이슬의 목소리에 고개를 돌린 차채은은 일본에 있어야 할 그녀를 의아하게 보았다.

"어? 언제 왔어?"

"언제 오긴."

한이슬은 마침 사무실로 들어오는 리드의 편집장 미하엘 엔데를 보고 소리쳤다.

"편집장님!"

"한! 벌써 취재를 마치셨나 보군요. 반갑습니다."

"네! 반가운데, 너무 놀라서 왔어요. 대체 무슨 생각으로 이런 글을 쓰게 하신 거예요? 어른이라면 말렸어야죠!"

한이슬은 차채은의 미래를 걱정했다.

그녀 역시 평단의 더러움과 무가치함을 절실히 알고 있었지만 그들과 맞서 싸워서는 안 된다고 생각했다.

너무나 오랜 세월 다져진 그들은 하나의 시장을 견고히 쥔 다수였다.

그 강력한 힘에 대항하다간 칼럼니스트로서의 삶이 위험해질 수 있었다.

실제로 아리엘 얀스와 같은 경우가 있었으니 더더욱 걱정할 수밖에 없었고, 그것은 북미 평단에게도 민감한 사안이었다.

만약 그들이 정말 의도적으로 한 음악가의 삶을 망쳤다면, 음악 팬들이 가만있지 않을 테니 전력으로 차채은을 매장하려고 들 터였다.

미하엘 엔데 편집장이 어깨를 으쓱이며 고개를 돌렸다.

한이슬도 시선을 따르니 차채은이 대수롭지 않다는 듯 입을 열었다.

"내가 부탁한 거야, 언니. 여기 말고 다른 데는 안 내주겠다고 해서."

"여기서도 내면 안 되지! 너 정말 무섭지도 않니? 그 사람들이 너한테 무슨 짓을 할지 몰라. 벌써 여론전 들어가서 너한테 안 좋은 이야기도 올라오고 있잖아."

"괜찮아."

"괜찮긴 뭐가 괜찮니? 결국에는 이미지야. 너에 대한 안 좋은 이야기가 생기면 되돌리기엔 늦어. 얀스가 어떻게 무너졌는지 모르고 하는 말이야?"

"알아. 왜 몰라."

"얘가 정말?"

한이슬은 드물게 흥분하여 차채은의 마음을 돌리려 했다.

그러나 차채은은 크게 반응하지 않았고 한이슬은 겨우 차채은이 혹할 만한 말을 떠올렸다.

"그래. 배도빈도 그랬잖아. 개 짖는 소리에 반응하면 똑같이 개가 되는 거라며. 신경 쓰지 마. 네 할 일만 하면 돼."

차채은은 평소와 같이 답했다.

"그건 오빠가 음악가니까."

"응?"

"그리고 난 평론가잖아."

차채은은 한이슬을 통해 시야를 넓힐 수 있었다.

그녀가 데리고 가주었던 학자 모임 '등대'를 통해서 책임감을 느꼈다.

좋은 음악을 더 많은 사람이 들을 수 있도록, 깊이 이해할 수 있도록 도와주는 사람.

그것은 어렸을 적부터 배도빈과 최지훈의 음악을 사랑하고 그것을 부모에게 전달하는 과정에서 느꼈던, 첫 마음과 같았다.

그러한 초심은 차채은의 가슴속에 깊게 뿌리 내려 조금씩 하나의 신념으로 자리 잡아 가고 있었다.

"좋은 음악이, 훌륭한 음악가가 알려지지 못하거나 부당한 대우를 받는데 어떻게 가만있어."

한이슬은 차마.

그 순수한 의도를 더는 말릴 수 없었다.

위험한 길이었다.

어쩌면 정말 평단과 언론에 짓눌려 그 부조리의 당사자가 될 수 있었다.

그럼에도 차채은이 말하는 바는 정론이었다.

그것이 옳았다.

사회를 겪으며 타협해야 함을 깨달았던 한이슬은 이제 막 사회를 접하는 올곧은 정신에게 무엇을 어떻게 말해야 좋을지 알 수 없었다.

그것이 옳으니까.

차채은을 바라보던 한이슬은 고개를 돌려 그녀가 작성하고 있던 원고를 보았다.

파일명이 '로스앤젤레스 필하모닉의 감독은 왜 사퇴하였는가'로 저장되어 있었다.

한이슬은 차채은의 손을 잡고 얼굴을 가까이 했다.

"힘들 거야."

차채은은 자신에게 무슨 일이 다가올지 명확히 알지 못했다.

그것으로 얼마나 고통스러울지도 몰랐다.

그래도 그녀가 각오를 다질 수 있었던 건 함께 자란 두 친구 덕분이었다.

배도빈과 최지훈.

두 사람은 음악을 하는 것이 힘들지 않다고 부정한 적 없었다. 도리어 쉽고 즐겁다는 말을 부정하는 쪽이었다.

그럼에도 그들은 음악을 할 수밖에 없다고 말했다.

좋아하니까.

차채은도 마찬가지였다.

"괜찮아."

그녀는 진심으로 괜찮다고 생각했다.

좋은 음악을 널리 알리고 깊이 파고들어, 그것을 타인과 교류
하는 일이 좋기에 아무리 힘든 일이 있어도 괜찮다고 생각했다.

그 마음이 진실되기에 한이슬에게도 가볍게 들리지 않았다.

한이슬이 차채은을 끌어안았다.

"뭐, 뭐야. 왜 그래."

그녀 역시 각오를 마쳤다.

이 순수하고 올곧은 마음을 지켜내겠다고. 어느 누구도 꺾
지 못하게 지키겠다고 마음먹었다.

배도빈은 심사 위원단과 결승 과제를 정한 뒤 귀가하는 길
에 차채은이 올린 글을 보았다.

그도 참가자들이 예상보다 우수하고, 나아지는 모습을 보이
는데 탈락시킬 수밖에 없었던 것을 아쉬워했기에 차채은의 말

에 일정 부분 공감하였다.

손녀처럼 생각하던 차채은이 이런 글도 쓸 수 있다는 점을 기특하게 여기던 중 차량이 숙소에 이르렀다.

"수고하셨어요. 오늘은 쉬고 싶으니 외부 연락은 연결하지 말아요."

"네, 그렇게 하겠습니다."

비서 죠엘 웨인과 인사 후 로비로 들어선 배도빈은 쉬고 싶은 마음뿐이었다.

요 며칠 정신적으로, 육체적으로도 힘든 날이 반복되었고 내일부터는 다시 바빠질 터였기에 오늘 저녁만큼은 느긋하게 보내고 싶었다.

뜨거운 물로 씻고 푸르트벵글러가 지휘한 자신의 교향곡을 들으며 혀를 녹일 만큼 단 오렌지 주스를 마실 계획이었다.

그런 뒤에는 침대에 누워 어떤 빛도 소리도 나지 않는 공간에서 깊이 잠들 생각이었는데, 전화가 울렸다.

이자벨 멀핀 부장이었다.

배도빈은 방에 들어서면서 지친 목소리로 전화를 귀에 가져 갔다.

"네, 멀핀."

-늦은 시간에 죄송합니다. 잠시 통화 가능하실까요?

"그럼요."

배도빈이 최근 여러 일로 힘들었다는 걸 모를 리 없는 이자벨 멀핀이 늦은 시간에 아무 용건도 없이 연락할 리 없었다.

-이틀 전에 차채은 양이 올린 글 보셨습니까?

배도빈이 소파에 등을 파묻었다.

"네. 들어오면서 봤어요. 무슨 문제라도 있어요?"

-네. 제가 관여할 일은 아니지만, 보스의 지인이다 보니 걱정이 되어.

"걱정?"

-차채은 양에 관한 부정적 기사가 올라오는 중입니다. 북미 평론가 협회는 노골적으로 그녀를 겨냥한 글을 쓰고 있고요.

이자벨 멀핀의 말에 배도빈은 대수롭지 않게 여겼던 일이 충분히 그렇게 번질 수도 있겠다고 생각했다.

차채은이 평단의 태도를 지적한 것은 사실이었고, 그들이 자신들의 기득권을 유지하기 위해 더러운 짓을 하려는 것은 당연한 일이었다.

"계속 해보세요."

-상황이 예상보다 심각한 것 같습니다. 차채은 양이 언급한 아리엘 얀스 관련 일은 철저하게 보안받고 있어 누구도 발설하지 않았다고 합니다.

"그걸 채은이가 건드린 거네요."

-네. 그녀가 매수될 이유도 그들이 채은 양을 매수할 이유도

없었으니까요.

"유럽 평단은요?"

-그들 역시 비슷한 일을 자행해 왔으니, 대서양 넘어 다른 대륙의 동족을 파헤칠 생각은 하지 않았죠. 도리어 인터플레이에 기생하고 있던 언론사가 기다렸다는 듯 기어오르고 있습니다.

배도빈은 이자벨 멀핀이 평소 쓰지 않는 단어를 사용함에 그녀가 얼마나 분노하고 있는지 알 수 있었다.

-그간 숨죽여 있다가 이번 기회에 어떻게든 활로를 모색하려는 것처럼 보입니다. 린센 팀장은 차채은 양이 스스로 글을 내리고 사과하지 않는 이상 계속될 거라고 예상하고 있습니다.

배도빈은 이자벨 멀핀의 말을 들으며 관련 기사를 검색해 보았다.

과연 생각보다 심각한 수준으로 설전이 오가고 있었다.

원색적인 비난까지 서슴지 않는 상황에 배도빈은 기가 차버리고 말았다.

그는 그가 받아들인 이야기가 맞는지 확인차 물었다.

"북미 평론가 협회가 아리엘 얀스를 의도적으로 실각시켰고, 채은이가 그걸 지적하니 이렇게 나온다. 그렇게 이해하면 되나요?"

-정확하십니다.

배도빈은 잠시 고민하다가 이내 입을 열었다.

"고마워요. 이번 일은 이렇게 계속 보고해 주세요. 린센과 앙리는 이쪽 일과 관련한 정보를 수집하게 하시고요."

-바라신다면 조치를 취할 수 있습니다.

"우선은 알아봐 주기만 해주세요."

-알겠습니다.

통화를 마친 배도빈은 생각을 정리했다.

프란츠 페터와 타마키 히로시.

그 외에도 베토벤 기념 콩쿠르를 통해서 젊은이들의 저력을 확인한 배도빈은 그가 나서야 하는 일인가에 대해 고민할 수밖에 없었다.

차채은은 분명 성장하고 있었다.

오케스트라 대전부터 조금씩 이름을 알리더니 지금은 인터넷 상에서는 상당한 영향력을 행사하는 사람이 되어 있었다.

평단이 이렇게 과민반응을 할 정도로 영향력 있는 칼럼니스트가 된 것이었다.

그런 차채은이 이번 일이 크게 벌어졌음에도 배도빈에게 알리지 않았다는 사실은.

스스로의 행동에 확신이 있다는 뜻이며 동시에 배도빈에게 의지하지 않겠다는 말이었다.

'언제 이렇게.'

배도빈은 그간 손녀처럼 귀여워하고 친구처럼 지내고 학생처럼 가르쳤던 차채은이 언제 이렇게 컸는지 대견할 뿐이었다.

'달리 봐야겠지.'

예전 같았으면 나서서 도왔겠으나 지금은 지켜봐 주는 것이 옳다고 판단했다.

'그래도 이건 좀 심한데.'

어디까지나 차채은이 스스로 해내길 바랐지만, 원색적인 비난까지 감내할 이유는 없었다.

배도빈은 이러한 글을 올리는 기자들을 잊지 않기 위해, 그의 눈에 거슬리는 기사들을 캡처해 두었다.

그들이 선을 넘는다면.

인터플레이를 상대하면서 경험을 축적한 베를린 필하모닉의 법무팀과 본인의 사설 사무소를 움직일 생각이었다.

"아, 개빡치네."

차채은이 이를 갈았다.

어느 정도 예상했지만, 소위 배웠다는 이들이 그들의 이권을 챙기기 위해 상식 이하의 발언을 이어가고 있었다.

"유치하게 진짜."

차채은은 논란의 쟁점을 점점 더 그녀가 어리다는 것으로 몰아가는 북미 평론가 협회의 행동을 믿을 수 없었다.

근거와 논리를 펼치는 것이 아니라 어리기에 논리도 옳지 않다는 억지를 부렸다.

차채은은 정말 그들의 말을 믿는 사람이 있을까 의심스러웠다.

'분명 뭐가 옳은지 아는 사람이 있을 거야.'

평단이 유치하고 치졸하게 나올수록 차채은은 '로스앤젤레스 필하모닉의 감독은 왜 사퇴하였는가'를 퇴고하는 데 집중했다.

그래야만 하기에 선택했던 일.

도중에 포기하는 선택지는 조금도 생각지 않았다.

도리어 기성 평론가에 대한 실망이 커질수록 이러한 관행을 바르게 잡아나가야 한다는 의지를 더욱 확고히 하였다.

똑똑-

집중한 탓에 차채은은 노크 소리를 듣지 못하고 원고를 다듬었다.

간격을 두고 노크 소리가 익숙한 목소리와 함께 울리자 그제야 정신을 차리고 문을 열었다.

최지훈이 싱긋 웃고 있었다.

"어머님이 유자차 주셨어."

"당 떨어지는데 잘됐다."

최지훈이 엉망진창인 차채은의 방으로 들어섰다.

원고와 신문 스크랩, 프린트물로 발 디딜 틈이 없었다.

최지훈은 유자차를 챙겨 키보드 앞에 앉은 차채은을 바라보았다.

그녀는 머리도 감지 않은 채 잠옷 차림으로 원고를 고치는 데 집중하고 있었다.

키보드 주변도 어지럽긴 마찬가지.

초콜릿 포장지나 과일 그릇, 빼곡하게 붙어 있는 포스트잇 등으로 엉망이었다.

'심해.'

볼꼴 못 볼 꼴 다 본 사이고 평소에도 정리를 잘하는 편은 아니었지만 정상적인 환경이 아니었다.

최지훈은 차채은이 최근 며칠간 다른 일에 신경 쓰지 못했음을 알 수 있었다.

그가 차채은에게 다가갔다.

그리고 막 입을 열려고 할 때, 차채은이 선수를 쳤다.

"말리지 마."

그녀는 아리엘 얀스에 관한 인터넷 기사를 읽으며 말했다.

"그만두라는 말 너무 많이 들었어. 걱정되는 것도 알고 내 생각보다 훨씬 쓰레기 같은 놈들이라는 거 느끼고 있어. 그래도 말리지 마."

힘들지 않다면 거짓이다.

무엇보다 이러한 행동이 정말 무엇을 바꿀 수 있을까 의심스러웠다.

'리드'와 몇몇 언론사가 차채은에 대한 보도를 최대한 중립적으로 전달해 주는 것이 그나마 위안이 되어줄 뿐.

매일 거짓된 기사가 수십 개씩 쏟아지고, 40만 명을 넘어섰던 블로그 구독자는 점차 줄고 있었다.

차채은의 말에 동조하는 사람은 그녀의 예상보다 적었고, 그녀를 욕하는 사람은 생각보다 저열한 방식으로 나섰다.

무서웠다.

평단의 공세는 차채은이 예상한 수준을 훨씬 웃도는 수준이라, 그녀는 어쩌면 자신이 하려는 일이 정말 아무 의미 없을지도 모른다고 생각했다.

악플이 늘어날수록.

혹시 누구에게 해코지라도 당하진 않을까 하는 원초적인 불안도 생겨났다.

그래서 부모님께 그만두라는 말을 들었을 때는 정말 포기하고 싶었다.

최지훈도 말린다면.

정말 그럴 것만 같았다.

그래서 듣고 싶지 않았다.

해야 할 일이니까.

그때 최지훈이 평소와 같이 부드러운 목소리로 입을 열었다.

"여기 오타 있다."

"……아. 땡큐."

차채은의 원고에서 오타를 발견한 최지훈은 콧노래를 흥얼거리며 그녀의 방을 치우기 시작했다.

예상과 달리 최지훈이 자신을 말리지 않자 차채은은 의아해하며 고개를 돌렸다.

최지훈은 방 이곳저곳에 어지럽게 널려 있는 신문 기사와 서적 등을 종류별로 모았다.

'왜 저래?'

신경 쓰지 않으려 했지만 최지훈이 자신의 양말을 들자, 어떤 방해에도 굴하지 않고 집중력을 발휘했던 차채은이라 해도 버틸 수 없었다.

"뭐 해!"

"왜?"

"양말은 왜 집어! 빨리 내려놔! 아! 왜 그래애!"

"심심하단 말이야."

"내려놔! 지저분하잖아!"

차채은이 펄쩍 뛰었다.

최지훈은 그 모습이 재밌어서 양말을 빼앗으려는 차채은을 피했다.

한참을 실랑이한 끝에야 돌려주었고 차채은은 방에 널린 옷

가지를 세탁 바구니에 쑤셔 넣었다.

차채은이 침대에 누워 숨을 고르며 경고했다.

"한 번만, 더, 그래, 봐."

"이제 안 할 건데?"

"아아악! 진짜!"

최지훈은 방실방실 웃으면서도 차채은이 평소와 다르다는 것을 느끼고 있었다.

신경질적인 타이핑 소리, 초췌한 눈가, 평소보다 격앙된 목소리 그리고 무엇에 쫓기는 듯 원고를 쓰는 모습.

모두 차채은이 심적으로 압박받고 있음을 말해주고 있었다.

'힘들겠지.'

불안하기 때문.

이런 장난은 대수롭지 않게 여기던 차채은이 격하게 반응했다.

자신을 보호하고자 나오는 자연스러운 행동임을 오랜 친구로서 알 수 있었다.

걱정되었다.

가장 소중한 사람 중 한 사람이 어려운 길을 걷고 있었다.

그녀가 맞이할 위험이 얼마나 가혹할지 알고 있었다.

어렸을 적부터 언론에 노출되었던 최지훈이었기에 익명 뒤에 숨은 이들의 잔인함을 잘 알고 있었다.

그래서.

가장 위로가 되었던 말을 꺼낼 수 있었다.

"채은아."

"왜!"

"멋있다."

차채은이 몸을 뒤로 빼며 경계했다.

"갑자기 왜 그래?"

"그냥."

"……뭐야."

배도빈과 마찬가지로 최지훈도 차채은을 잘 이해하고 있었다.

할 수밖에 없는 일.

남들이 말리고, 얼마나 위험하고, 몸을 망가뜨릴 정도로 힘들다 해도 할 수밖에 없는 일이 있었다.

최지훈은 차채은도 마침내 그런 일을 찾았고 각오를 다진 것으로 여겼다.

'채은이 싸움이야.'

마음 같아서는 백 번이고 천 번이고 돕고 싶었다.

아니, 차채은을 비난하는 이들을 벌하고 싶었다.

소중한 동생을 향한 악의적 기사를 남발하는 그들을 어떻게 매장할지 진지하게 고민해 보기도 했다.

그럼에도 그가 움직이지 않은 건 이 싸움이 차채은이 해내야 할 일이고, 그러기 위해 그녀가 최선을 다하고 있기 때문이었다.

'싫어할 거야.'

같은 입장에 서 봤기에 잘 알고 있었다.

현재 유럽 최고의 비르투오소로 칭송받는 최지훈은 그 영광을 다른 이의 도움이나 운으로 돌릴 마음은 추호도 없었다.

순전히 자신의 노력으로 이룩한 성과였기에 당당하고 스스로 자랑스러웠다.

그래서 차채은도 같은 생각을 하고 있을 거라 여겼다.

자신이 도우면, 지금껏 차채은이 노력해 온 것을 부정하게 되는 일이라고 생각했기에 그저 응원할 뿐.

함부로 나서지 않았다.

최지훈은 다시금 모니터를 응시하는 차채은을 보다가 그녀의 머리를 꽉 붙잡고 힘주었다.

"아야."

"시원하지?"

"응."

여러 생각과 걱정으로 가득한 차채은이 잠시라도 쉴 수 있도록 두피를 마사지한 최지훈이 방을 나섰고.

차채은은 입을 삐죽 내밀고 문을 응시하다가 다시 원고를 작성하였다.

♪

[로버트 패트릭 교수, "사실무근. 악의적인 명예훼손."]

[소설가 해먼 쇼익, "차의 논리는 언론의 자유를 침해. 반성할 것."]

[평론가 댄 하디, "베를린 대학의 학부생이 치졸한 문장으로 음악인을 현혹하고 있다."]

[도요토미 류토 교수, "상식 이하의 수준 낮은 선동."]

[칼럼니스트 차채은, 유명세를 얻고자 북미 평단을 모욕하다]

베토벤 기념 콩쿠르 결승전 과제가 발표된 이후로도, 미국과 유럽 일부에서 차채은을 비난하는 기사가 하루에도 수십 건씩 쏟아졌다.

박사 학위 소지자, 교수, 소설가, 유명 평론가들이 돌아가며 아리엘 얀스를 의도적으로 실각시켰다고 주장한 차채은을 비난하고 나섰다.

그러한 흐름은 이내 일부 1인 언론으로 이어졌다. 조회 수에 목마른 그들은 보다 저열한 방식으로 그녀를 압박해 왔다.

그러던 중.

차채은과 마찬가지로 인터넷을 통해 인기를 얻은 클래식 음악 평론가 댄 하디가 자신의 개인 블로그에 '차채은, 대가성 글 게시하다?'라는 제목의 글을 게시하였다.

그 내용은 베토벤 기념 콩쿠르 2라운드 결과가 명확히 밝혀졌음에도 차채은이 박준수, 제니 헤트니 등에게 대가를 받고 글을 썼다는 이야기였다.

-사실 그녀의 의도는 뻔하죠. 누가 봐도 심사는 공정했습니다. 그런데 인제 와서 박준수나 제니 헤트니에 대해 언급하는 걸 보면 뭔가 대가를 받았단 뜻이죠. 베토벤 기념 콩쿠르의 심사위원들이 어떤 분들이십니까? 그런 분들이 파이널리스트가 더 뛰어났다고 평가했는데, 굳이 떨어진 사람을 조명해야 한다고 말하는 이유가 뭐겠어요?

댄 하디는 차채은의 글을 심히 왜곡하였다.

박준수와 제니 헤트니도 훌륭한 음악가라는 말을, 심사가 공정하지 못했다는 뜻으로 풀어냈다.

음모론으로조차 분류할 수 없는 글이었으나 인플루언서의 악의적 말은 순식간에 퍼져나갔다.

차채은뿐만 아니라 박준수, 제니 헤트니도 적극적으로 해명에 나섰지만 제기된 의혹을 깨끗이 씻을 방법은 없었다.

그들이 단 한 번도 만나지 않은 사이라는 것을 증명할 방법도, 서로가 금전적 거래를 하지 않았단 방법도 어찌 증명할 길이 없었다.

차채은은 리드의 도움으로 고소 절차를 밟았으나, 타국에 있는 그를 소환해 조사, 판결을 받기까지 얼마나 걸릴지.

하물며 그들의 국가에서 협조할지조차 알 수 없었다.

그렇게 사건이 해결되는 시간이 지연될수록 차채은 본인은 물론, 박준수와 제니 헤트니까지 큰 타격을 입어야 하는 상황.

'나 때문에.'

그녀는 비로소 여러 사람이 우려했던 걱정이 무엇이었는지 절감할 수 있었다.

그녀의 잘못이 아니었음에도.

정작 미안해할 사람은 따로 있음에도.

차채은은 죄없이 이러한 일에 말려든 박준수와 제니 헤트니에게 무슨 말을 해야 하고, 어떤 일을 해줘야 하는지 몰라 괴로웠다.

지금까지 자신을 향한 악의적 비난 속에서도 의지를 다졌던 차채은에게 그것은 첫 번째 시련이었다.

본인뿐만이 아니라 관련된 사람도 공격받을 수 있다는 것은 개인이 감당키 힘든 일이었다.

"정신 차려."

그럴 때 한이슬은 큰 힘이 되어주었다.

"앞으로 더한 일도 생길 거야. 지금 네가 해야 할 일은 박준수랑 제니 헤트니에게 사과하는 게 아니라, 그 사람들의 억울함을 풀어주는 거잖아."

차채은이 고개를 끄덕였다.

그녀는 그녀가 할 수 있는 모든 방법을 동원해 자신이 박준수, 제니 헤트니와 연관되지 않았다는 증거를 모아 공개했고.

리드와 몇몇 언론사가 그것에 호의적인 기사를 등재하면서 차채은의 대가성 기사 등재 논란은 일단 가라앉는 듯했다.

그러나.

한이슬의 말대로 시작일 뿐이었다.

평론가들은 그들의 이권에 도전하는 이를 가만 놔두지 않았다.

북미 평론가 협회뿐만 아니라, 인터플레이를 등에 업고 베를린 필하모닉과 최지훈을 공격해 매장당한 줄 알았던 유럽 언론도 나섰다.

이번 기회를 발판으로 기득권층에 아양을 부려 다시금 콩고물을 주워 먹을 심산이었다.

그들이 개입으로 차채은을 향한 수위를 넘은 비난은 끝을 모르고 치솟았다.

ㄴ대학 1학년이 뭘 안다고 지껄여. 평론은 뭐 아무나 하는 줄 알아?

ㄴ어이가 없다. 같은 일 하는 사람으로서 어떻게 그런 누명을 씌우려 하지? 그렇게 유명해지고 싶나?

└애초에 근거도 없잖아. 결국 평론가들이 단합했단 증거가 어디 있는데?

└범죄임. 경찰은 이런 애 왜 안 잡아가는지 모르겠네.

└이래서 동양에서 온 애들은 안 돼. 지들이 뭐 잘난 줄 아는데, 길에서 보면 무서워서 눈도 못 마주치는 것들이ㅋ

└ㅋㅋㅋㅋㅋㅋ길 조심 하란다

차채은을 향한 맹목적 비난은 유럽 사회에 뿌리 깊게 자리한 인종차별자들에게 좋은 먹이였다.

그들은 아무런 이유 없이, 그저 타인에게 상처 주는 것을 즐겼다.

특히나 차채은을 해하겠다는 이야기는 본인과 주변인에게도 충격으로 다가왔다.

"여보, 아무래도."

"응. 할 수 있는 건 다 해야지."

차채은의 부모는 딸의 안위가 너무나 걱정되었다.

사설 경비 업체를 고용해 차채은을 경호하게 하였고 경찰에도 신변 보호를 요청했으나 그럼에도 마음을 놓을 수 없었다.

하루하루 딸에게 무슨 일이 생기지는 않을까 노심초사했다.

그러나 가장 무서운 사람은 차채은 본인이었다.

만 17세의 어린아이가 불특정 다수의 협박을 감당할 순 없었다.

그러한 글을 올린 이들을 형사 고소하여 조사가 들어갔으나 차채은의 불안은 커져만 갔다.

일상적인 외출조차 줄어들었다.

작은 소리에도 깜짝 놀라게 되었으며 심지어는 핸드폰 알람 소리마저 그녀의 가슴을 뛰게 했다.

'뭐라도 해야 해.'

가만있을 수 없었다.

아무것도 하지 않으면 자꾸만 누군가 해코지를 하려 들 거란 불안에 휩싸여 잠시도 가만있을 수 없었다.

불안감에 잠조차 이루지 못해 매일 지쳐 눈 감길 반복했다.

"채은아."

차채은의 모친 이은지는 그런 딸을 안타까워 어쩔 줄 몰랐다.

"꼭 해야 하니?"

"응……."

"왜. 다른 사람은 뭐 하고? 왜 네가 이런 일을 다 감당해야 해."

"모르겠어."

정말 알 수 없었다.

정말 뜻 있는 사람이 이렇게나 없는지, 진실을 알아주는 사람이 어쩌면 이다지도 없는지 알 수 없었다.

차채은이 서 있을 수 있게 버텨주는 것은 깊이 뿌리 내린 신넘뿐이었다.

"나라도 해야 해."

돈으로 움직이는 클래식 음악계.

정직하게 노력한 이들보다 평단에 돈을 주는 이들이 더 인정받는 생태를 이대로 놔둘 순 없었다.

"다들 노력하고 있단 말이야."

차채은은 베토벤 기념 콩쿠르를 취재하면서 각 참가자가 얼마나 많은 눈물을 쏟고 그 자리에 이르렀는지 알 수 있었다.

타마키 히로시의 안타까운 사연뿐만이 아니라 니아 발그레이, 파울 리히터, 프란츠 페터, 박준수, 제니 헤트니 모두 각자의 사연이 있었다.

분명 가장 주목받고 있는 레이라도 신분을 감춘 만큼 말 못할 사정이 있을 터였다.

차채은은 그런 이들의 음악을, 그들의 열정을 팬들에게 전달하고 싶을 뿐이었다.

억울하게 매장당한 이를 위해 평단의 병폐를 알리고 싶을 뿐이었다.

"아무도 안 한단 말이야."

대인기피증세까지 보이면서도.

무서워서 벌벌 떨면서도 해야 한다고 말하는 딸을 보며.

부모는 기특해하는 한편 가슴이 미어졌다.

그날 저녁.

또 하나의 기사가 올라왔다.

[차는 대체 누구인가]

최근 한 베를린 대학 학부생이 평단에 논란을 불러일으켰다.

2008년생의 이 어린 칼럼니스트는 현재 평단의 관심이 지나치게 한쪽으로 쏠려 있음을 비판하며, 동시에 북미 평론가 협회가 한 음악가를 의도적으로 공격하였다고 주장하고 있다.

그러나 이러한 주장 이전에 그녀가 과연 이러한 말을 꺼낼 자격이 있는지 의문이 생긴다.

그녀는 세계적인 천재 마케터의 외동딸로, 어려서부터 갖은 특혜를 누려왔다.

익명의 제보자는 그녀가 중학생 시절, 오케스트라 대전을 관람하기 위해 학교를 한 달간 결석했으면서도 졸업에는 문제가 없었다고 전한다.

그뿐만 아니라 상류층의 인맥으로 배도빈과 최지훈을 통해 쉽게 클래식 음악계에 입문.

14살이라는 이례적인 나이로 칼럼니스트로 활동해 왔음이 밝혀졌다.

아직 대학을 졸업하지도 않은 그녀가 지금과 같은 유명세를 얻을 수 있었던 이유는 무엇일까.

배도빈, 최지훈이라는 걸출한 음악가와의 사적인 친분이 없었다면 이 어린 학생이 그러한 발언력을 얻을 수 있었을까.

그녀는 북미 평론가 협회 소속 평론가들이 권위와 권력을 내세워 음악가 아리엘 얀스를 비판한 것을 부당하다고 주장하나, 그 근거는 어디에서도 찾을 수 없다.

기존 기득권층에 기대어, 어떠한 경력도 없이 어린 나이에 성장한 이의 오만한 속단이라 할 수 있다.

그녀는 언론의 자유를 해치는 행위를 중단하고 사과해야 할 것이다.

몇몇 언론인이 발표한 기사들은 지금까지 차채은을 믿고 있던 독자들마저 흔들었다.

지금껏 관련 사항을 크게 생각지 않았던 그들도 차채은을 향한 악의적 기사, 댓글이 반복되자 의심하기 시작했다.

ㄴ야 요즘 대체 왜 이러냐?

ㄴ진짜 실망이다. 유명세 얻으려고 없는 말도 지어냈다는 거잖아.

ㄴ하기사 배도빈이랑 최지훈 없었으면 어떻게 유명해졌겠어?

ㄴ잘 보고 있었는데 이게 대체 무슨 일이야.

ㄴ글 내리고 사과부터 해야지 뻔뻔하기도 하지. 또 글 올리네.

ㄴ지금까지 쭉 애독해 온 독자입니다만 최근 차채은 씨의 글에는 의문이 드네요. 반성하시길.

ㄴ얘도 결국엔 상류층 사람이었네. 이런 거 안 해도 먹고 살 만한 애가 뭐 하러 이런데? 돈이 그렇게 좋나?

독자들의 반응은 간신히 버티고 있던 차채은을 무너뜨리기에 충분했다.

어렸을 적부터 감동을 전달하는 일을 좋아하여 지금에 이른 차채은은 자신의 모든 노력이 부정당하는 것 같았다.

또한 자신 때문에 사랑하는 아버지와 배도빈, 최지훈마저 구설수에 오르니 간신히 버티고 있던 의지마저 꺾이고 말았다.

무너지듯 주저앉은 차채은은 잔뜩 어질러진 자신의 방에서 넋을 놓고 있었다.

'왜 이렇게 됐지.'

옳았다.

그릇된 이들은 분명한데, 저들은 일말의 수치심조차 없는 것처럼 망발해댔고 팬들마저 떠나고 있었다.

억울함을 넘어서 두려워지고 있었다.

대체 다음에는 그들이 무슨 말을 할지.

얼마나 많은 사람이 자신의 진심과 진실을 곡해할지 알 수 없었다.

'……아리엘 얀스도 이런 느낌이었을까.'

차채은은 아리엘이 겪었던 고독을 그대로 느끼고 있었다.

막연하게 추측할 뿐이었던 그 감정은 무자비했다. 지금까지 믿었던 모든 것을 무너뜨렸다.

불특정 다수에게 존재를 부정당한 탓에 그녀의 자존감은 철저히 짓이겨졌다.

밝았던 모습은 온데간데없었다.

다지고 또 다졌던 의지는 뿌리째 뽑혀 나갔다.

도망치고 싶었다.

-솔미미 파레레

그때, 차채은의 핸드폰이 울렸다.

힘없이 고개를 돌린 차채은은 진달래가 건 전화인 것을 확인하곤 고개를 떨어뜨렸다.

다시. 또다시.

반복해 울리는 A108을 듣다가 이내 전화를 귀에 가져갔다.

"언니, 나 지금……."

-고마워!

차채은은 눈물을 가득 머금은 진달래의 목소리에 깜짝 놀랐다.

"어?"

-고마워. 고마워…….

진달래는 말을 잇지 못하고 고맙다는 말을 반복할 뿐이었다.

그 누구도 아리엘 얀스에 관한 사실을 해주지 않았다.

철저하게 부서진 연인 곁에서, 아무것도 해줄 수 없었던 진달래는 그와 같이 분을 삭일 뿐이었다.

너무나 억울했지만 누구도 알아주지 않았던 나날.

설마 그 억울함을 풀어주려 하는 사람이 있을 거라고는 생각지도 않았다.

'이 사람, 힘들 거예요.'

'누구? 아, 채은이네.'

'무서울 겁니다.'

'이런 기사를 썼었어?'

아리엘 얀스는 차채은의 감정을 이해할 수 있었다.

특정할 수 없는 다수가 쏟아내는 근거 없는 비난은, 음악가로서의 자신을 자부하던 고결한 영혼에 나을 수 없는 상처를 주었다.

신념이 굳은 자일수록 그러한 불명예에 크게 흔들리기 마련.

'분명 외로울 거예요.'

차채은에 관한 이야기를 접한 진달래는 차채은이 이러한 일을 하고 있었음을 너무 늦게 알아서, 힘이 돼주지 못해서 미안했다.

또 그 이상으로 고마웠다.

-미안해. 너무 늦게 알아서. 미안해앱. 끄윽.

"언니⋯⋯."

같은 마음을 이해하고, 공감해 주는 것만으로도 이럴 수 있는 걸까.

고맙다는 말을 듣기 위해 한 일은 아니었지만 진달래에게 인사를 받는 순간.

같은 편이 있다는 것을 인지한 순간 당장에라도 도망치고 싶었던 마음이 씻은 듯이 사라졌다.

동시에 자신도 모르게 눈물이 흐르고 말았다.

혼자가 아니라는 안도.

두 사람은 전화기를 붙잡고 하염없이 울었다.

한편.

한이슬은 차채은을 지키겠다는 마음으로 급히 관련 일을 조사하였다.

그녀 역시 적지 않은 공세를 받을 터였으나 이제 막 평단에 발을 들인 차채은이 부조리한 일에 좌절하도록 내버려 둘 수 없었다.

신인이었을 무렵, 부조리한 일에 타협했던 기억이 떠올랐기 때문.

후회를 반복하고 싶진 않았다.

어렸을 적의 자신을 보는 것처럼 당돌하고 재기 넘치는 차채은이 자신과 같은 후회를 안고 살길 바라지 않았다.

"이걸로 된 거야."

한이슬은 오래 전 침묵했던 이야기를 꺼내 들었다.

그것은 음악 평론가이자 일본 클래식 음악 협회장이었던 도요토미 류토 교수에 대한 이야기였다.

11년 전, 도요토미 류토의 대학생을 상대로 한 성추문 사건은 한스 레넌 기자를 통해 뒤늦게 알려졌는데.

한이슬이 그 이유를 설명한 것이었다.

그 기사는 순식간에 유럽 전역에 퍼졌다.

[평단의 추악한 민낯]

11년 전, 쇼팽 국제 피아노 콩쿠르 심사위원을 맡았던 도요토미 류토는 심사 과정에서 부당한 이득을 취해 경질되었다.

이후 그래모폰의 한스 레넌 기자의 취재를 통해 그가 산타마르크 대학 피아노과 교수로 재직했을 당시, 학생을 상대로 한 성폭력 가해자란 사실이 밝혀졌다.

그러나 그는 지금도 유럽 평단의 권위자이며 교수직에 앉아 있다.

평단의 적폐가 최근 그들의 병폐를 지적한 칼럼니스트를 비난하고 있는 사실이 아이러니한 일이다.

필자는 당시 활동했던 언론인으로서 도요토미 류토가 자신의 권위를 지키기 위해 어떤 일을 행했는지 밝히고, 나의 침묵을 벌 받고자 한다.

현재 평단에서 가장 많은 인기를 누리고 있는 한이슬의 폭탄 발언은 음악계에 큰 충격으로 다가왔다.

도요토미 류토가 친분과 금전적 대가를 토대로 당시 유럽 언론사에 자신과 관련된 이야기를 언급지 않을 것을 요청한 점과.

그로 인해 성폭력 피해 대학생들의 주장이 묻혔다는 이야기를 전달한 것이었다.

평단의 권위와 공정성을 믿고 있던 음악 팬들은 도요토미 류토가 그런 짓을 벌였다는 사실에 분노했다.

그가 그러고도 지금까지 계속 교수직을 유지하고 평론가로 활동해 왔음은 더욱 큰 문제였다.

ㄴ아주 개새낄세. 어? 아주 개새끼야.

ㄴ저런 사람이 어떻게 계속 교수로 있었어? 도빈이 일 이후에 경질된 게 아니었어? 부정 청탁, 성폭력, 언론 통제까지 했던 놈이잖아. 심지어 다 밝혀진 일이고.

ㄴ한이슬 기사 또 올라옴. 타마키 히로시가 저 사람한테 이용당했다고 하는데?

ㄴㅁㅊ;; 뭐 하는 놈이야?

ㄴ한이슬 근데 무슨 일 있나? 자기도 함구했으면 밝혀서 좋을 거 하나 없을 텐데.

ㄴ양심 고백이라잖아. 언론인으로서 부끄러운 짓을 했다고.

ㄴ이번 일 다 밝히고 그만둔대.

ㄴ진짜 큰맘 먹고 하는 거지.

한이슬이 언론인으로서의 자격을 걸고 보도한 내용은 유럽의 평단에도 큰 문제가 있음을 시사했다.

유럽 평단은 차채은에게 했던 행동 그대로 한이슬을 표적으로 두었다.

"언니!"

그러한 상황을 확인한 차채은은 한이슬을 찾았다.

"왜 그랬어! 나보곤 하지 말라고 했으면 왜 그랬어!"

한이슬은 울먹이는 차채은을 달래고 앉혔다. 따뜻한 초콜릿 음료를 주고 차채은이 마시는 모습을 본 뒤에야 슬며시 웃었다.

"부끄러웠으니까."

"뭐가?"

"다들 알고 있었어. 알면서도, 하지 말라고 해서 못 썼어."

도요토미 류토 이야기였다.

"관중석 그만두고 막 유럽으로 넘어왔을 때 일이거든. 위에서 하지 말라고 하니까. 짤리면 당장 뭐 먹고 살아야 좋을지 막막했으니까. 그렇게 변명하면서 침묵했어."

"……."

"계속. 계속 부끄러웠어."

한이슬은 자조적으로 웃은 뒤에 차채은을 보았다.

"이건 내 일이야. 네가 옳다고 말한 적 없어. 너를 향한 비난도 계속될 테고. 그러니까 지금은 서로 어떻게 살아남을지만 생각하자."

말 그대로 한이슬은 차채은을 언급지 않았다.

단지 유럽 평단의 적폐를 고발할 뿐이었다.

그러나 그것이 분명 음악인과 팬들의 의식을 바꿀 수 있다고 믿었다.

차채은이 바라는 일이었고.

사실상 함께 싸우는 일이었다.

차채은이 들고 있던 머그컵에 눈물이 떨어졌다.

한이슬은 소리 죽여 꾹꾹 우는 어린 칼럼니스트를 따뜻하게 바라봐주었다.

귀가 후.

차채은은 '로스앤젤레스 필하모닉의 감독은 왜 사퇴하였는가'를 완성하기 위해 마지막 작업에 들어갔다.

아리엘 얀스의 음악적 기량을 입증하고 그를 향한 비난이 근거 없는 이야기라는 것을 증명하기 위해 차채은은 아리엘 얀스의 악보를 수도 없이 살폈다.

그가 현재 가장 각광받고 있는 신예 음악가 레이라, 프란츠 페터, 타마키 히로시에게 뒤처지지 않는 훌륭한 음악가라는 것을 증명하는 내용이었다.

'비교군을 써도 될까.'

차채은은 혹시나 덧붙일 것이 없을까 싶어 베토벤 기념 콩쿠르에서 발표된 세 명의 신예 음악가의 악보를 살폈다.

그러다.

"어?"

레이라와 아리엘 얀스의 악보에서 공통점을 발견했다.

♪

차채은은 서둘러 아리엘 얀스의 악보를 구입해, 레이라의
곡과 대조해 보았다.

'진짜야.'

크게 신경 쓸 부분은 아니었지만 아리엘 얀스와 레이라 두 음
악가가 항상 같은 방식으로 풀이하는 버릇이 눈에 들어왔다.

두 음악가 모두 두 개의 주제를 활용하는 것을 좋아했는데,
조성이 장조인 경우 제1주제가 으뜸조, 제2주제가 딸림조로 진
행되었고.

단조인 경우에는 병행조로 풀어냈다.

우연일지 혹은 의도된 일일지 확실한 건 없었다.

크게 생각지 않을 사소한 일이기도 했다.

그러나 지금까지 아리엘 얀스가 발표한 서른여 곡에서 나타
나는 특징이기도 했다.

특별할 것 없는 무난한 전개 방식이었으나 그렇기 때문에 이
고전적 방식을 고집하는 아리엘 얀스의 색이 분명한 것이었고.

그것과 똑같은 방법을 쓰는 레이라와의 관계가 의심스러웠다.

"설마."

차채은은 고개를 저었다.

레이라가 발표한 곡은 지금까지 베토벤 기념 콩쿠르에서 보여준 두 곡이 전부.

레이라가 좀 더 많은 곡을 썼다면 두 사람의 공통된 점이 어떤 의미를 지녔다고 볼 수 있지만 지금으로써는 신뢰할 수 있을 만큼 정보가 많지 않았다.

차채은은 고개를 저어 잡생각을 떨쳤다.

그녀는 '어떠한 요소도 더하지 못하고 덜지 못하는 악보'라 불렸던 아리엘 얀스의 탄탄한 완성도를 부각하기 위해.

현재 가장 이슈가 되고 있는 베토벤 기념 콩쿠르 파이널리스트들과 그를 비교하였다.

그것이 아리엘 얀스의 우수함을 보이는 방법이라 생각했다.

'대단해.'

작업을 이어갈수록 차채은은 아리엘 얀스, 레이라, 니아 발그레이, 프란츠 페터, 타마키 히로시가 얼마나 대단한 음악가인지 새삼 느낄 수 있었다.

그들은 배도빈이 어렸을 적부터 강조한 정체성. 즉, 확고한 세계관을 가지고 있으면서 그것을 명확하고 직관적인 방식으로 표현해냈다.

'이 부분은 확실히 아쉽긴 하네.'

아리엘 얀스가 아쉬웠던 것은 고집스러울 정도로 원칙에 따른 점.

그의 음악은 듣기에는 너무나 편안하고 좋았으나 다가가기 어려웠다.

단순히 그뿐이라면 아쉽지도 않았을 터.

악기의 소리를 활용하는 점이나 곡 전체의 균형과 조화는 천재 모차르트를 연상케 할 정도로 발군이었으니, 천재 중의 천재 니아 발그레이와 비견할 만했다.

'아리엘 얀스도 자기 음악을 찾아간다면 좋을 텐데.'

차채은은 그런 생각을 이어가며 원고 말미에 레이라와 아리엘 얀스가 닮은 점이 있다고 언급, 원고를 마무리하여 리드의 미하엘 엔데 편집장에게 송부했다.

덜컹-

바람에 창문이 덜컹거렸고.

차채은은 놀라 움츠러들었다.

무릎을 모으고 두려움을 잊기 위해 배도빈과 최지훈이 함께 완성한 희망의 피아노 협주곡을 들으며 애써 위안을 찾으려 했다.

♪

[로스앤젤레스 필하모닉의 감독은 왜 사퇴하였는가]

최근 로스앤젤레스 필하모닉 단원들은 새 지휘자를 거부한다는 성명을 표하였다.

악단 운영진과의 마찰을 겪으면서도 그들은 왜 새 지휘자가 부임하는 것을 반대하고 나섰던 걸까.

이 이야기는 지금은 작고한 토마스 필스 경으로부터 시작된다.

살아생전 빌헬름 푸르트벵글러, 마리 얀스, 아르투로 토스카니니, 브루노 발터와 비견되었던 거장 토마스 필스는 로스앤젤레스 필하모닉의 정신적 지주로서, 그의 뒤를 이을 한 음악가를 들였다.

18세의 어린 나이로 로스앤젤레스 필하모닉에 입단한 아리엘 얀스는 거장의 곁에서 재능을 키워왔다.

토마스 필스 타계 후, 구스타프 하나엘이 취임한 뒤로도 최연소 악장으로 활동하고 오케스트라 대전에서는 감독 대행으로 나섰다는 점으로 미루어 보아 로스앤젤레스 필하모닉도 그를 미래의 지휘자로 인정했던 것 같다.

아리엘 얀스는 그러한 기대에 성공적으로 부응하였다.

토마스 필스와 구스타프 하나엘을 잃은 로스앤젤레스는 그간 영화 OST 녹음 등 협력 사업의 대부분을 계약 파기 당했다.

그러한 재정적 위기 속에서 아리엘 얀스는 본인이 작곡한 곡을 연달아 성공시키며 기존의 팬을 유지하는 한편, 새로운 시장을 개척해 나갔다.

로스앤젤레스 필하모닉이 예상외로 선전하자 이듬해부터는 여러 업체가 사업 제휴를 요청.

그들은 전과 같은 수준으로 악단 수익을 회복할 수 있었다.

오케스트라 대전에서 뛰어난 기량을 발휘하였고 시카고 심포니 오케스트라, 클리블랜드 오케스트라와 같이 걸출한 경쟁자를 둔 상황에서도 북미 클래식 음악계에서 입지를 확고히 했던 아리엘 핀 얀스.

그가 대체 어떤 이유로 감독직을 내려놓았는지, 단원들은 왜 그를 애타게 기다리는지 의문을 가지지 않을 수 없다.

사건은 올해 초, 아리엘 얀스와 로버트 패트릭 교수의 언쟁에서 시작된 것으로 보인다.

로버트 패트릭 교수는 〈클래식 FM〉에서 아리엘 얀스가 발표했던 '봄의 여신'을 다음과 같이 평했다.

"분위기는 우아하나 완성도에 의문이 든다. 전주가 각 절을 이어주는 간주에서 변형되는데 일반적인 유절 형식과는 차이를 보인다. 아리엘 얀스가 명백히 실수한 부분이다."

이에 대해 아리엘 얀스는 비판받은 해당 부분을 변형된 유절 형식으로 인정하는 한편, 안단테에서 알레그로로 박자와 조성이 변경되는 이유를 밝혔다.

이에 로버트 패트릭 교수는 '작곡가가 평론을 부정하니 어떤 이가 마음 놓고 글을 쓸 수 있겠는가'라며 해명을 문제 삼았고 아리엘 얀스는 정해진 형식에서만 해석하려는 로버트 페트릭 교수를 거듭 지적하고 나섰다.

이후 약속이라도 한 듯 북미 평론가 협회는 아리엘 얀스의 '봄의 여신'을 맹비난하고 나섰는데 현재까지 관련 기사만 54,000여 개에 달한다.

그렇다면 그 내용은 어떨까.

놀랍게도 54,000여 개의 기사의 내용은 일관된다.

아리엘 얀스의 곡이 특색이 없고 고루하며 가장 기본적인 형식조차 지키지 못한다는 이야기를 반복한다.

정말 아리엘 얀스의 음악적 소양이 부족했던 것일까.

최근 베토벤 기념 콩쿠르로 주목받고 있는 레이라, 프란츠 페터, 타마키 히로시와 비교하여 음악가 아리엘 얀스를 알아보았다.

(후략)

유럽의 저명한 클래식 음악 잡지 '리드'에 게시된 차채은의 칼럼은 아리엘 얀스의 우수함을 증명하는 동시에 그를 향한 언론의 맹비난이 정당치 않음을 주장하고 있었다.

평단은 즉각 반응했다.

직접 언급된 로버트 패트릭은 만 명의 평론가가 아리엘 얀스를 지적하는데, 무지한 학부생이 떼를 쓰고 있다고 일축했다.

언론에서는 그녀의 칼럼을 곡해하여 차채은이 레이라, 프란츠 페터, 타마키 히로시보다 아리엘이 뛰어나다며 베토벤 기념 콩쿠르의 심사위원들의 권위에 도전하였다고 보도하였다.

인플루언서 댄 하디는 차채은이 도를 넘어섰다는 내용을 게시하였다.

-말이 안 된다는 거죠. 레이라, 프란츠 페터, 타마키 히로시가 누굽니까.

-빌헬름 푸르트벵글러, 사카모토 료이치, 아르투로 토스카니니, 브루노 발터, 배도빈이 최고의 작곡가로 선정한 인물들이에요.

-그런 사람들을 아리엘 얀스 같은 사람과 비교하다니. 정말 제정신이 아닌 거죠. 타마키 히로시가 저세상에서 얼마나 억울해하겠어요. 안 그렇습니까?

-네 사람 다 훌륭한 사람으로 쓰지 않았냐고요? 아니죠. 아니죠. 비교 자체가 무례한 일이에요.

댄 하디는 그에게 원고료와 활동지원금을 제공하는 이들을 위해 성심성의껏 차채은을 공격했다.

그러나 그의 지나친 언사는 도리어 일부 팬이 사태를 좀 더 냉정하게 바라보는 계기가 되었다.

ㄴ좀 이상한데.

ㄴㅇㅇ. 차채은 글 보니까 레이라, 프란츠 페터, 타마키 히로시만큼 아리엘 얀스도 뛰어난 음악가라는 논조인데 그걸 저렇게 까네.

ㄴ지금 보니까 차채은 말이 어느 정도 신빙성이 있는데, 그 신빙성이

댄 하디나 로버트 패트릭 반응에서 나옴ㅋㅋㅋㅋ

└그러니까. 반박하는 게 아니라 자꾸 이상한 프레임 씌우려고 드는 거 보니 뭐가 있긴 한 듯.

차채은이 믿었던 대로.

진실을 알아주는 사람이 있었다.

리드 소속의 기자들과 한이슬 그리고 몇몇 뜻있는 평론가가 나서며 일방적으로 흘렀던 분위기가 조금씩 반전을 맞이하고 있었다.

그때.

'등대'의 회원이자 코넬 대학의 교수, 게르트 카리우스와 함께 학계를 양분하고 있는 로날도 그라우트가 나섰다.

"최근 평단에 벌어진 갈등에 심히 유감을 표합니다. 젊은 평론가의 합리적인 문제 제시가 부당한 대우를 받고 있지요. 있어서는 안 될 일이 벌어지고 있습니다."

최고령자이자 모든 이로부터 존경받는 권위자의 발언은 차채은을 향해 맹목적 비난이 일삼던 이들을 주춤하게 하기 충분했다.

또한 그조차 현재 상황을 비정상적으로 보고 있음이 알려지면서 팬들도 일부는 차채은의 말에 귀 기울이게 되었다.

└누구 말이 맞는 거야? 답답해 죽겠네.

└답답하면 찾아봐. 나도 궁금해서 차채은 글 좀 읽었는데 내가 보기엔 타당해 보였음.

└위에 댓글 단 놈 알바네. 차채은 아빠 돈 많더라~

└참고한 것들 대조해 보니까 확실히 이상하게 아리엘이 어느 시점부터 욕을 오지게 먹더라고.

└이거 진짜 지적 좀 당했다고 평단 전체가 아리엘을 공격한 거임?

└그럴 리가 있냐?

└17살 동양인 여자가 뭘 안다고 그래? 다들 속고 있어.

└와 개신기. 한 문장으로 인종차별에다 성차별 그것도 모자라 세대차별까지 하네?

이은지는 벌써 며칠째 방 밖으로 나오지 않는 **딸** 차채은이 너무도 걱정되었다.

밝고 활기찬 모습은 찾을 수 없었고 노크 소리에도 화들짝 놀라는 모습에 가슴이 미어지는 것만 같았다.

"딸, 엄마랑 쇼핑하러 갈래?"

"어? 아, 아니."

"파카 사러 가자. 아빠랑 엄마 것도 사고."

옷을 사자고 하면 좋아서 재촉하던 딸은 고개를 저을 뿐이었다.

기분도 전환할 겸, 바깥바람이라도 쐬면 조금 나아질까 싶어 물어보았으나 거듭된 악플과 협박으로 차채은은 매우 위태로운 상태였다.

"괜찮아. 경호해 주시는 분도 있고 엄마도 같이 있잖아."

"으으응."

차채은이 몸을 뺐다.

잔뜩 겁을 먹고 있어 더는 물어볼 수 없었다.

이은지가 딸을 안았다.

세상에서 가장 사랑하는 아이가 부조리한 일을 겪으며, 외출하는 것조차 무서워하는데 해줄 수 있는 일이 아무것도 없었다.

당장에라도 부서질 것처럼 위태로운 상태로도 신념을 지키는 모습이 대견하면서도.

안타까운 마음은 부모로서 어쩔 수 없었다.

이은지는 차채은이 좋아하는 음식이라도 해줄 생각으로 1층으로 내려왔다.

그러나 도저히 손이 움직이지 않아 안타깝고 분한 마음에 눈물을 삼키던 차, 최지훈이 방문했다.

"안녕하세요."

"아, 지훈이 왔니."

서둘러 눈물을 닦은 이은지는 웃으며 최지훈을 반겼다.

"채은이 위에 있어. 밥 안 먹었지?"

"네. 배고파요."

"그래. 맛있는 거 해줄 테니 올라가서 놀아."

이은지는 딸을 위해 매일 같이 찾아오는 최지훈이 너무나 고마웠다.

최지훈과 같이 있을 때면 딸이 그나마 예전처럼 있을 수 있는 것 같았다.

이은지는 한숨을 내쉬고 냉장고 문을 열었다.

한편.

차채은은 최지훈에게 구박받고 있었다.

"으, 냄새."

"뭐?"

"냄새."

최지훈이 코를 막자 차채은은 정말 냄새가 나는지 확인했다.

"비켜!"

그녀는 민망한 나머지 재밌다는 듯 웃는 최지훈을 밀치고 욕실로 향했다.

잔뜩 어질러진 방에 혼자 남은 최지훈은 차채은의 원고와 자료를 보며 한숨을 내쉬었다.

'많다.'

클래식 음악에 관련한 이야기는 빠짐없이 챙겨 보는 최지훈이었지만 차채은이 소화하는 정보량에는 비교할 수 없었다.

평단과 언론의 압도적인 물량 공세 속에서 기어이 자신의 목소리를 내, 일부 팬들이 의문을 가지게 할 수 있었던 힘.

그것이 어디에 기인하는지 알 수 있었다. 그리고 지금 그녀가 얼마나 위태로운지도 알고 있었다.

'같이 있어 줘야 해.'

최지훈은 매일같이 갈등했다.

초인적인 인내력으로 로버트 패트릭, 해먼 쇼익, 댄 하디, 도요토미 류토 등을 살해할 욕구를 가라앉혀야 했다.

그럴 방법도 생각할 수 있었다.

아버지 최우철을 보며 배웠던 것을 그들에게라면 아무런 죄책감 없이 행할 수 있을 것 같았다.

그러나 그들을 벌하는 것보다 차채은을 지키는 것이 중요했다.

차채은은 심각한 수준의 우울증과 강박증 그리고 불안에 떨고 있었고 배도빈과 최지훈과 대화할 때만 비교적 안정할 수 있었다.

배도빈이 현재 콩쿠르 심사로 움직일 수 없는 상황이었기에 최지훈은 자기라도 옆에 있어야 한다고 생각했다.

이내 차채은이 젖은 머리를 대충 말리고 새 잠옷을 입은 채 방으로 돌아왔다.

"너 가."

차채은이 들어오자마자 최지훈을 밀었다.

"싫은데. 나 어머님이 해주신 밥 먹으러 왔단 말이야."

"왜 우리 집에서 먹냐고!"

차채은은 최지훈에게 소리치면서도 느끼고 있었다.

그가 자신을 위해 바쁜 일정 속에서도 매일같이 찾아와 주고 있다는 것을 그 따뜻한 눈빛과 목소리로 이해하고 있었다.

그래서 자꾸만 칭얼거리게 되었다.

이렇게 쫓아내려 해도 떠나지 않을 것을 알기에, 안 좋다는 것을 알면서도 어리광을 부리게 되었다.

"알았어. 알았어. 안 놀릴게. 그만 때려."

"한 번만 더 그래 봐."

차채은이 씩씩대며 컴퓨터 앞에 앉았다.

"그러고 보니 오늘 저녁이 거장의 선택 마지막 날이네. 같이 볼래?"

"언제까지 있을 건데!"

오후 1시였다.

거장의 선택 마지막 방영 시간은 오후 7시.

종일 머물러 있겠다는 말에 차채은이 버럭 소리 질렀다.

그러면서도 내심 안도했다.

속일 수 없는 것

한편.

평단은 여론 변화에 발빠르게 대응했다.

그들은 너무나 잘 알고 있었다.

팬들이 그들의 말을 믿고 신뢰했을 때 평단이 존재할 수 있었다.

평론가들이 교수로 있을 수 있는 것도 원고료를 받는 것도 모두 대중으로부터 지지받기 때문.

그런데 상황이 점차 이상하게 돌아갔다.

차채은뿐만 아니라 한이슬이라는 영향력 있는 언론인이 나섰고 그에 더해 그라우트와 같은 권위자 또한 문제를 제시하니, 평단을 의심하는 눈들이 생겨나기 시작한 것.

권위가 흔들릴 위기에 놓이니.

그들은 아리엘 얀스 때와 마찬가지로 보다 조직적이고 치밀하게 대응해야 함을 느꼈다.

로버트 패트릭 교수는 평론가 협회의 인맥을 활용해 논란을 단숨에 잠재우려 했다.

해야 할 일은 간단했다.

그들의 권익에 위해를 가하는 이가 어떻게 되는지 본보기를 보이면 되었다.

겁 많은 이들은 알아서 침묵할 터.

로날도 그라우트, 한이슬은 독자적인 세력을 갖추고 있으니 가장 적당한 타깃은 논란에 불을 붙였던 차채은이었다.

"아둔한 것."

로버트 패트릭은 차채은이 발표한 '로스앤젤레스 필하모닉의 감독은 왜 사퇴하였는가'를 보며 한쪽 입꼬리를 들어 올렸다.

언뜻 보면 문제 될 것 없었으나 조금만 말을 비틀면 공격할 수 있는 수단이 넘쳐났다.

한이슬이 발표한 신중하고 명확한 글에 비하면 정말 손쉽게 물을 수 있을 것 같았다.

"이런 말을 겁도 없이 쓰니 어리다는 게지."

평론가는 공신력을 갖춰야 했다.

아무리 재밌고 흥미로운 이야기를 한다 해도 결국 믿음을 주지 못하면 아무짝에도 소용없었다.

그런 점에서 한이슬의 글은 건드리기 쉽지 않았다.

틈을 보이지 않는 탄탄한 문장과 근거 자료를 섣불리 상대했다간 역풍을 맞기 십상이었다.

그러나 그런 만큼 펜촉은 무뎌질 수밖에 없었다.

실제로 한이슬의 고발은 해먼 쇼익에게만 영향을 주고 있었다.

반면 차채은의 글은 평단 전체를 위기로 내모는 듯했으나, 정황상의 추론을 제시할 뿐이었다.

근거를 쉽게 찾을 수 없을뿐더러 이권으로 단단히 결속해 있는 평단 내부에서 양심선언을 할 이도 없었다.

결국에는 증명할 수 없는 일.

로버트 패트릭은 그런 점에서 아리엘 얀스와 레이라를 비교한 차채은을 미숙한 글쟁이로 볼 뿐이었다.

거기에.

여섯 명의 위대한 음악가가 최고로 인정하는 레이라가 아리엘 얀스와 닮았다니.

어처구니가 없었다.

"위대한 음악가에 정면으로 도전하는 풋내기 글쟁이라. 정말 안타깝군."

그는 대중의 무관심함을 알고 있었다.

차채은이 레이라와 아리엘 얀스를 동격으로 취급했다고 알리면 차채은은 평론가로서의 공신력을 잃게 되었다.

레이라를 최고의 신예 음악가로 판단한 베토벤 기념 콩쿠르 심사위원들을 모욕하는 일로 몰아갈 수 있었다.

부족한 기량 때문에 책임지고 감독직을 사퇴한 아리엘 얀스와 이 시대 최고 수준의 작곡가를 같이 두다니.

'용서가 안 되지. 암.'

아리엘 얀스를 궁지로 몰아붙인 당사자 로버트 패트릭은 진심으로 그리 생각했다.

때문에 보다 적극적으로 여러 언론인에게 방향을 제시해 주었다.

차채은이 아리엘 얀스와 레이라를 동격으로 두었고, 그것은 베토벤 기념 콩쿠르 심사위원들을 모욕하는 일이라는 내용을 일괄적으로 발표하게 하였다.

그 결과.

이미 전 유럽과 북미에 속속들이 기사들이 발표되었다.

잠시 뒤, 거장의 선택 마지막 방송과 같은 시간에 본인의 글도 게시할 예정이었다.

모두 어리고 무지한 칼럼니스트에게 속고 있다면서 그녀가 드디어 업계 최고 음악가 여섯 명의 명예를 깎아내렸다는 이야기.

'이것이야말로 정의지.'

로버트 패트릭의 예상대로.

문화 카테고리에 올라온 글 대부분이 차채은을 추궁하자, 다소 주춤거렸던 평단 옹호 세력과 차채은 비난 세력이 힘을 얻기 시작했다.

때마침.

로버트 패트릭의 교수실에 대학원생이 찾아왔다.

"교수님, 반응 올라오고 있습니다."

"오, 어떤가."

"확실히 의심하는 이들이 줄어들었습니다. 교수님 말씀대로 오늘 레이라가 우승하게 되면 상황은 더욱 좋아질 겁니다."

"하하하하. 그건 지켜봐야지."

"정말, 교수님의 혜안은 못 당하겠습니다."

"자네도 열심히 하면 그럴 수 있네. 올해 36이었던가?"

"하하. 예."

"그래. 차채은이처럼 어렸을 적부터 나대면 이런 실수를 하는 거야. 베토벤 기념 콩쿠르 심사위원들이 얼마나 언짢았겠는가. 자네도 내 밑에서 4년만 더 힘쓰게. 그러면 내 확실히 밀어줄 테니까."

"가, 감사합니다."

로버트 패트릭은 TV를 틀었다.

마침 거장의 선택 마지막 방송이 시작되고 있었다.

콩쿠르 마지막 일정을 앞두고 대기하고 있던 배도빈은 인터넷 뉴스난을 보며 인상을 썼다.

거장의 선택 마지막 방영을 앞두고 분위기는 더욱 가열되었다.

차채은을 향한 비난의 수준은 인신공격에 이른 것도 모자라 한 평론가의 삶을 짓밟고 있었다.

모두 차채은이 베토벤 기념 콩쿠르의 심사위원단을 무시했다는 말인데, 정작 배도빈과 심사위원단은 차채은의 글을 높이 평가하고 있었다.

"무엇을 그리 보고 있나."

사카모토 료이치가 다가왔다.

배도빈이 핸드폰을 보여주자 안경을 슬쩍 들고는 기사를 확인하였다.

[차채은 선 넘은 발언! "레이라와 아리엘 얀스는 동급. 베토벤 기념 콩쿠르 심사위원단의 안목이 의심된다."]

[거장을 향한 어린 칼럼니스트의 명예훼손, 이대로 괜찮은가]

[댄 하디, "차채은은 글 쓸 자격이 없는 사람이다. 법의 심판을 받아야 할 것."]

[해먼 쇼익, "그런 글을 읽어주는 사람들도 문제. 제정신이 아닌 사람이 이렇게 많을 수 있나."]

"심하군."

거짓되고 왜곡된 보도에 사카모토는 불쾌함을 조금도 감추지 않았다.

"채은 양의 글은 읽었지만 이런 식으로 매도할 순 없네. 아리엘 군과 레이라의 공통점은 우리도 발견하지 못하지 않았나. 그 통찰력을 칭찬해 주진 못할망정 이런 법이 어디 있는가."

"같은 생각이에요."

차채은을 믿기에 잠자코 있었지만 더는 좌시할 수 없었다.

대부분 언론이 차채은의 발언을 왜곡하였고 그것으로도 모자라 차채은이 글을 쓰지 못하게 막아야 한다는 댓글이 지지받고 있었다.

그녀를 유럽에서 추방해야 한다는 막말도 심심치 않게 올라오고 있었다.

"지훈이 말론 무서워서 밖에도 못 나간대요."

배도빈이 주먹을 쥐었다.

정의를 말하는 만 17세의 아이에게 수만 명의 사람이 여과 없는 비난을 쏟아내는 상황에 분노했다.

"참담한 일일세. 콩쿠르가 끝나면 나도 목소리를 보태겠네."

사카모토 료이치의 말에 배도빈이 고개를 끄덕였다.

배도빈이 보기에 이 일은 이미 차채은과의 개인적 친분과 그녀를 믿고 지지해 주는 것을 떠나 업계 전체의 문제가 되었다.

오늘 오후부터 차채은에 관한 기사가 수천 건이 올라왔다.

그녀의 영향력을 생각하면 불가능한 일이었다.

40만 명의 구독자를 가졌다곤 해도 유럽과 미국의 언론사들이 저마다 수십 건씩 글을 올릴 정도는 결코 아니었다.

누군가가 의도한 일이라는 것이 자명한 사실.

좋은 음악을 만드는 음악가가 누군가의 사욕으로 비난받고, 옳은 말을 하는 언론인이 탄압당한다면 그 누구도 바른말을 못 하게 될 터였다.

그것은 음악을 사랑하는 모든 이에게 해가 되는 일이었으며.

동시에 베토벤 기념 콩쿠르의 정신에 위배되었다.

"맞아요. 가만있어선 안 돼요."

배도빈이 입술을 깨물며 기사를 훑어내렸다.

잠시 후.

베토벤 기념 콩쿠르 결승전, 심사가 시작되었다.

나카무라 료코의 배도빈 비올라 소나타와 함께 사회자 우진이 등장했다.

"시청자 여러분, 안녕하십니까. 여러분은 지난 한 달간 수많은 작곡가가 흘린 피와 땀을 지켜보셨습니다. 그리고 오늘! 과연 누가 여섯 거장으로부터 최종 선택을 받을지 확인하실 수 있습니다."

우진이 뒤로 물러서며 카메라가 이동했다.

"천재 중의 천재! 불굴의 사나이! 파가니니의 바이올린을 이어받은 남자! 니아 발그레이입니다!"

TV 화면을 통해 니아 발그레이가 걸어 나오는 모습이 비쳤다.

마비 증상의 후유증으로 발을 절었으나 가슴과 어깨를 당당히 펴고 여유롭게 미소 짓는 그는 베토벤 기념 콩쿠르 내내 최상위권을 유지하고 있었다.

그는 방청객의 환호성에 화답하며 무대에 섰다.

"최연소 참가자! 마왕 배도빈의 어릴 적을 보는 듯한 빛나는 재능! 프란츠 페터입니다!"

프란츠 페터가 침을 크게 삼키고는 발을 옮겼다.

잔뜩 긴장한 탓에 팔과 다리가 함께 나갔지만 적어도 베토벤 기념 콩쿠르를 대하는 각오만은 누구에게도 뒤처지지 않았다.

배도빈에게 인정받고 싶다, 은혜에 보답하고 싶다는 동기는 이제 중요하지 않았다.

타마키 히로시를 비롯한 다른 참가자를 보며 보다 순수히, 음악가로서의 향상심을 갖추었다.

그러한 마음은.

터질 듯한 소년의 가슴을 단단히 잡아주었다.

"거장의 선택이 낳은 최고의 스타죠. 이름도 얼굴도 밝히지 않고 오직 음악만으로 이 자리에 섰습니다. 레이라!"

우진의 호명과 동시에 조명이 쏟아졌다.

눈부신 조명 아래, 품위 있게 발을 옮긴 아리엘 얀스는 지난 반년간의 긴 여정 끝에 스스로 해답을 찾았다.

이제는, 음악이 아름답기 위해 범하지 못할 것은 없다던 마왕의 말을 이해할 수 있었다.

형식과 조화, 완성.

분명 음악을 이루는 데 중요한 요소였으나 그것만이 답이 아님을 알 수 있었다.

음악은 대화.

홀로 고고하게 서 있는 것이 아니었다.

자신을 유지하는 한편 연주하는 사람, 그것을 듣는 사람과의 공감대를 형성하는 가장 직접적인 길.

가장 소중한 것을 잃었던 그는 이 무대를 통해 무너진 명예와 소중한 이들을 되찾고자 마지막 관문만을 남겨두고 있었다.

"그리고! 놀라운 도약을 보이며 당당히 결승에 오른 타마키 히로시 역시 새 시대의 작곡가임이 틀림없습니다."

마지막으로 타마키 히로시의 사진과 이름이 걸리며 결승 진출자들이 모두 무대에 함께했다.

"결승 진출자들은 일주일간 10분 이상의 월츠를 작곡해야만 했습니다. 특유의 박사와 리듬을 지켜야 하는 조건 속에서 이번에는 또 어떤 즐거움을 들려줄지! 기대해 보도록 하겠습니다. 먼저, 프란츠 페터 군. 준비되셨습니까?"

"네!"

프란츠 페터가 피아노 앞에 앉았다.

그리고 이내 작은 손을 튕겼다.

어린 음악가의 손은 무용수의 가벼운 발놀림과 같이 건반 위를 누볐다.

'재밌는 짓을 했어.'

배도빈은 프란츠 페터가 제출한 악보를 살피며 입가를 들어올렸다.

프란츠 페터는 총 12개의 짧은 곡을 제출했다.

각 곡의 조성은 첫 번째 곡부터 C, C#, D, D#, E, F, F#, G, G#, A, A#, H까지 차례로 이어졌다.

모든 조성을 활용하여 12개 곡을 이어서 연주하는 방식이었으며, 가곡의 왕 슈베르트가 '우아한 왈츠'에서 사용한 방식과 같았다.

앞선 '마왕'과 같이 슈베르트에 대한 사랑을 물씬 풍기면서도 그와는 또 어떻게 다른 왈츠를 들려줄지 기대되었다.

'파악은 한 것 같네.'

배도빈은 적당한 빠르기로 연주되며 셈여림이 정확하게 배분된 리듬감에 고개를 끄덕였다.

정규 과정을 밟지 않았던 프란츠 페터는 왈츠가 무엇인지 몰라 무척 헤맸는데.

심사위원들로부터 돌아가며 호되게 혼나며 왈츠가 지켜야 할 기본적인 지식을 익혔다.

왈츠가 3/4박자인 이유는 적당한 빠르기에 리듬감을 살려야 하기 때문이었다. 지나치게 빨라서도, 복잡해서도 안 됐다. 춤을 추기 위한 곡이기에 빠르거나 복잡하면 우아하게 춤출 수 없었다.

프란츠 페터는 그것에 유념하여 왈츠다운 곡을 적절히 만들었으나.

'배움이 짧다는 게 이렇게 아쉽나.'

배도빈과 심사위원단의 기대에는 미치지 못했다.

가장 익숙한 악기인 피아노를 활용했지만 왈츠를 접할 수 없었던 프란츠의 한계였다.

빛나는 재능과 노력으로 일주일이라는 짧은 시간 왈츠를 만들었으나 지금까지 프란츠 페터가 보여주었던 곡과는 비교가 되었다.

그러나 배도빈은 실망하지 않았다.

페터가 이번 대회를 통해 느끼는 바가 컸다는 것을 알고 있었다.

다소 유약했던 성정도 다부지게 되었고 그간 소홀했던 정규 과정의 필요성도 느낄 터.

배도빈은 프란츠 페터의 미래가 더욱 빛날 것을 더는 의심하지 않았다.

♪

프란츠 페터의 발표가 끝나고 심사가 이어졌다.

"실망이야."

아르투로 토스카니니는 프란츠 페터를 노려보며 엄포를 늘어놓았다.

프란츠는 침을 꿀꺽 삼켰으나 내심 각오하고 있었기에 토스카니니의 시선을 피하지 않았다.

지금까지 편향된 공부만 해왔던 탓에 결승 과제를 준비하는 과정에서 자신의 부족함이 무엇인지 어렴풋이 느꼈다.

"예선과 2라운드에서 날 놀라게 했던 꼬맹이가 어디 갔는지 모르겠군."

이어지는 혹평에 프란츠가 이를 앙다물었다.

전과 같았다면 혼나는 것 자체에 그저 겁먹었을 터였다.

그러나 지금 소년의 가슴은 그 어느 때보다 타오르고 있었다.

좀 더 열심히 공부했다면 더 잘할 수 있었을 거라는 아쉬움이 자신을 향한 분노로 발산되었다.

너무나 많은 사람이 오르고 싶었던 이 자리에 더 충실하지 못했던 자신이 미웠고 당장 연습실로 돌아가고 싶었다.

"다음 곡을 기다리지."

아르투로 토스카니니가 5점을 부여하며 심사를 마쳤다.

ㄴ저 할배 진짜 밉상인데, 그래도 왜 거장인지 좀 알 것 같다.

ㄴ나두. 다음에 발표할 곡 기대한다잖아. 저러면 더 열심히 할 수밖에 없지.

ㄴ토스카니니가 매정해 보여도 은근히 정 있는 스타일인 듯. 깔 건 까면서도 악보도 챙겨주고 까마득하게 어린 후배 곡 챙겨 듣겠다는 마인드도 그렇고 대단한 것 같음.

ㄴ페터도 달라졌네. 1라운드 때만 해도 벌벌 떨었는데 지금은 씩씩해 보임.

ㄴ콩쿠르 한 달간 다들 성장하는 게 보여서 진짜 너무 기특하다.

ㄴ맞아. 나도 니아 발그레이 다시 감찾아가는 거 보면서 아빠 미소 지음.

ㄴ니아 발그레이 82년생인데 님 춘추가 대체……?

ㄴ15살임.

ㄴ2011년생이면 완전 아빠뻘인데 아빠 미소 짓는다고? ㅋㅋㅋㅋㅋ

ㄴ뭐 어때.

심사는 계속 이어져 배도빈의 차례가 되었다.

그는 평하기 전 점수부터 입력하였고 4점을 부여받은 프란츠 페터는 다시 한번 침을 삼켰다.

배도빈이 입을 열었다.

"다들 대단했지?"

프란츠 페터가 고개를 끄덕였다.

"그래. 다들 필사적으로 달려들고 있어. 더 멋진 음악을 만들기 위해, 단 한 번이라도 무대에 서기 위해 지금 이 순간에도 모든 걸 쏟아내고 있을 거야."

심사를 마친 배도빈은 스승의 입장에서 프란츠 페터를 대했다.

"지금 느끼는 감정을 잊지 마. 네가 아무리 뛰어난 재능을 가지고 있어도 최선을 다하지 않으면 오늘 결과는 반복될 거야."

"……네."

"요 한 달간 내가 바라는 이상으로 성장해 줘서 고맙다."

배도빈이 자리에서 일어나 두 팔을 벌렸다.

프란츠 페터는 머뭇거리더니 이내 감정을 주체하지 못하고 스승의 품에 안겼다.

"죄송해요. 끄으읍. 죄송해요."

우승하고 싶었다.

그 대단한 배도빈에게 음악을 배웠다고, 배도빈의 제자라고 당당히 말하고 싶었다.

음악을 향한 순수한 향상심으로 자신의 부족함을 여실히 깨달았으나, 그렇다고 배도빈에 대한 감사와 존경 그리고 보답하고 싶은 마음이 사라질 리 없었다.

음악을 배운 시간이 짧아서.

아직 배우지 않은 장르라서.

그런 변명 따위 조금도 통하지 않는 무대의 공정함과 무게감을 너무도 잘 알았기에 자신을 탓하면서도.

스승의 기대에 부응하지 못하여 죄스러웠다.

그러나 배도빈은 프란츠가 진심으로 자랑스러웠다.

유약하고 소극적이었던 천재가 경쟁을 통해 음악가로서 갖춰야 할 소양을 키웠기에 더 이상 기쁠 수 없었다.

이제 프란츠 페터는 어렵다면서 학교 공부에 소홀하지도, 화성학 시간에 졸지도 않을 터.

배도빈은 품 안에서 우는 제자의 등을 쓸어주었다.

ㄴ아 씨 눈물 좀.

ㄴ그동안 스승과 제자가 맞는지 의문이었는데 지금 보니 빼도 박도 못하는 참사제네.

ㄴ너무 간지러운데.

ㄴ보기 좋구만 뭘.

ㄴ심사위원이라서 선을 두었던 듯. 사이 완전 좋잖아.

ㄴ아니 나이 차이 얼마 나지도 않는데 왜 우는 손자 달래주는 할아버지처럼 보이지ㅋㅋㅋㅋㅋ

∟심사위원으로서 점수부터 주고, 심사 끝나니까 다정하게 말하는
게 너무 좋다 ㅠㅠ

∟그러고 보니 그러네.

∟프란츠 확실히 결승곡은 마왕에 비해 너무 아쉽긴 하다. 토스카
니니 말처럼 더 많이 배워서 다음엔 마왕 같은 곡 써줬으면 좋겠음.

스승과 제자의 훈훈한 모습을 지켜본 시청자들은 어린 음
악가 프란츠 페터를 응원하였다.

그가 받은 점수는 총 32점.

뒤이어 너무나 우아한 왈츠를 선보인 니아 발그레이의 58점
과는 큰 차이를 보이며, 우승의 영광에서는 멀어지고 말았다.

그러나 그 누구도 프란츠 페터가 여기서 멈출 거라고는 생
각지 않았다.

우진이 나섰다.

"니아 발그레이가 새벽의 왈츠로 58점을 기록한 가운데, 제
3회 베토벤 기념 콩쿠르의 결말은 어느 정도 윤곽이 드러난
것 같습니다."

아리엘 얀스는 무대 뒤에서 우진의 말을 들으며 마음을 다
잡았다.

기나긴 여정이었다.

한때는 길을 잃어 방황하기도 했지만 지금은 어디로 향해야

하는지 명확히 알고 있었다.

이미 긴 시간을 지체했기에 돌아서 갈 생각은 추호도 없었다.

할아버지를 비롯해.

최고의 음악가로 이름 높은 빌헬름 푸르트벵글러, 사카모토 료이치, 아르투로 토스카니니, 브루노 발터.

그리고.

넘어서고 싶었던 배도빈까지.

'증명하겠어.'

아리엘 얀스는 지금도 자신을 믿고 기다리는 단원들과 가장 힘들 시기에도 곁을 지켜준 진달래를 위해.

평단에도 바른말을 하는 사람이 있다는 걸 깨닫게 해준 어린 칼럼니스트를 위해.

무엇보다.

지금도 아리엘 얀스의 곡을 들어주는 팬들을 위해 최고의 곡을 연주할 마음으로 가득했다.

'마지막. 아니, 시작이다.'

숭고한 음악가는 유년 시절 그를 지탱해 주었던 신에게서 벗어날 준비를 마쳤다.

그 덕분에 음악을 알게 되었고 음악가로 성장할 수 있었지만.

이제 온전한 한 사람으로 독립하기 위해 그에게서 벗어나려 했다.

더는 그의 그림자를 좇지 않을 것이며 더 이상 신으로 여기지도 않을 것이다.

이번에 준비한 곡은 무대라는 동등한 위치에 서 있는 음악가로서 신에게 헌정하는 원무곡.

'당신 덕분에 음악을 알게 되었습니다.'

음악의 신에게서 완전히 벗어난, 아리엘 얀스의 첫 번째 곡이었다.

"무대 앞으로 나와주세요!"

아리엘 얀스가 사회자의 부름을 받고 무대 앞으로 걸어가 바이올린을 받쳤다.

연주할 곡은.

바이올린 왈츠 1번, '아마데우스'.

바이올린 현이 천사의 날갯짓처럼 튀었다.

'새로운 천사가 태어날 거예요!'

'빨리 보고 싶어요!'

천사들이 빛 주변에서 재잘거렸다.

빛은 그저 포근히 알을 품었다.

곧 태어날 천사를 위해 자애롭고 따스하게 감쌌다.

바이올린은 생명의 탄생을 기대하는 천사들의 춤처럼 우아한 멜로디를 이어나갔다.

'이름은 어떻게 지으실 거예요?'

'무엇을 좋아하는 아이예요?'

'꿈틀대는 걸 보니 빨리 나오고 싶나 봐요!'

'장난꾸러기가 분명해요!'

천사들의 재촉에 빛이 답했다.

[음악을 사랑하는 아이란다.]

[이름은 정하지 않았구나.]

천사들이 꺄르르 웃었다.

'음악이 뭐예요?'

'막내는 음악이란 걸 받았대!'

'음악은 어떤 은총이에요?'

[음악은 너희의 목소리만큼 아름다운 거란다.]

천사들이 호들갑을 떨었다.

'아빠는 우리를 사랑해요!'

'우리가 떠드는 걸 좋아해요!'

'막내는 아빠가 가장 좋아하는 걸 선물 받는 거네요?'

빛이 자애로운 광채를 키웠다.

그 빛이 알에 스며들자 조잘대던 천사들이 모두 날개를 접고 알 주변에 둘러앉았다.

음악이란 은총을 받은 천사가 막 태어나는 순간이었다.

알이 꿈틀거렸다.

천사들의 눈이 기대와 설렘으로 가득 찼다.

'이름은 아직 안 정하셨어요?'

'알에서 나오면 바로 불러줘야 하잖아요!'

'답답한가 봐요!'

'아마데우스는 어때요?'[1]

[아마데우스라. 좋은 이름이구나.]

빛이 마지막 힘을 다해 축복을 내렸다.

이내 장난기 많은 알이 통통 튀기 시작했다.

천사들이 깜짝 놀라 비켜섰다.

'아마데우스가 움직여요!'

'아직 알에서 나오지도 않았는데!'

'이름이 생겨서 좋은가 봐요!'

'어어!'

통통 뛰어다니며 천사들을 둘러보던 알이 구름 밖으로 떨어지고 말았다.

천사들이 놀라 펄쩍 뛰었다.

'떨어졌어요!'

'어떡해요!'

'다치진 않았겠죠?'

'장난꾸러기 아마데우스!'

....

1) 테오필루스(Theophilus): 하늘의 은총을 받은 자. 아마데우스(라틴), 아마데(프랑스), 고틀리브(독일) 등으로 번역되었다.

본래 천계에 태어났어야 할 아이가 하계로 떨어지고 말았다.

천사로서의 사명을 다해야 할 소중한 아이를 잃었음에 빛과 형제는 크게 낙담했다.

그러나 부여받은 은총이 사라질까.

요하네스 크리소스토무스 볼프강구스 테오필루스 모차르트는 인간의 육신으로 태어나 하늘로부터 부여받은 재능을 마음껏 펼쳤다.

세 살 때는 클라비어를 연주했고.

다섯 살에는 작곡을 시작했다.

여섯 살이 되던 해, 유럽 이곳저곳을 여행하며 음악을 배워나갔다.

모든 이가 하늘에서 떨어진 천사를 사랑했고 요한 크리스티안 바흐는 그의 지식을 아낌없이 전수했다.

열넷 나이에 오페라를 작곡해 크게 성공시켰고 연이어 두 곡을 더 의뢰받아 작곡가로서의 입지를 다져나갔다.

그러나 신의 재능을 물려받은 그조차 항상 성공하기만 한 것은 아니었다.

이탈리아 밀라노에서 궁정음악가로 활동하고 싶었던 모차르트는 아버지와 함께 청을 올렸다.

통치자 페르디난트 대공도 모차르트를 곁에 두고 싶었으나, 그의 모친이자 오스트리아 대공국의 대공, 마리아 테레지아는 모차르트 부자를 천박한 이로 취급했다.

17살이 되었을 때.

유럽 전역에서 신동으로 명성을 쌓았던 모차르트는 더 이상 주목받는 음악가가 아니었다.

그나마 고향 잘츠부르크에서 음악가로서의 삶을 영위할 수 있었으나, 새로 부임한 영주는 모차르트가 기본적인 생활조차 불가능할 정도로 박하게 대했다.

살아가기에 턱없이 부족한 연봉.

모차르트는 자신의 천재성과 노력이 권력 앞에 아무것도 아니었음을 절실히 깨달았다.

아리엘 얀스의 왈츠가 조금씩 무거워졌다.

활기 넘치고 재기발랄한 분위기 뒤로 이어진 분위기에 잠시 춤을 멈추고 주변을 돌아보는 시간이 찾아왔다.

짧은 간격을 두고 다시금 연주가 이어졌다.

왕실과 귀족의 마음에 들지 못하면 음악가로서 살아갈 수 없는 상황에 모차르트는 고뇌했다.

잘츠부르크를 떠나 뮌헨에서 직장을 찾으려 했으나, 막시밀리안 선제후는 잘츠부르크 영주와의 사이가 좋지 않았던 것을 이유로 모차르트를 받아주지 않았다.

포기하지 않고 파리로 향했으나 그곳에서도 실패한 모차르트는 굴욕적인 제안을 수락하여 고향 잘츠부르크로 돌아가야만 했다.

본인의 음악을 마음껏 펼칠 기회는 주어지지 않았고.

신동 모차르트의 명성은 추락할 대로 추락하여, 그에게 작곡을 의뢰하는 이들도 찾기 힘들어졌다.

천부적인 재능을 부여받았고.

뼈와 살을 깎는 노력으로 자신을 가꾸었던 청년 모차르트는 그렇게 구 년간, 음악가를 향한 냉혹하고 부조리한 세계를 절감했다.

아무리 좋은 곡을 만들어도 강력한 집권층에 의해 아무것도 아니게 될 수 있는 상황에서, 모차르트는 결코 포기하지 않았다.

거듭된 실패로 성격이 괴상해지고 음악을 향한 사랑과 자부심과 이상 그리고 악만 남았다.

그가 스물다섯 살이 되던 해, 마침내 기회가 찾아왔다.

자신의 음악을 증명해 보이겠다고 칼을 갈고 있던 그는 1781년 1월, 자신의 모든 역량을 쏟아부어, 뮌헨에서의 공연을 성공적으로 거두었다.

지금까지의 오페라와는 전혀 다른.

천재 모차르트의 면모가 처음으로 드러난 〈크레타의 왕 이도메네오〉.

이후 모차르트는 비로소 우리가 아는 모습으로 음악 역사상 가장 위대한 음악가로 이름을 남겼다.

아리엘 핀 얀스는.

천재라는 이름 뒤에서 현실에 좌절하고, 그럼에도 혹독하게 자신을 몰아붙였던 천재를 칭송했다.

한 줌 빛도 없는 어둠 속에서 앞을 밝혀주었던 신을 찬양하며, 이제 그의 뒤를 쫓지 않고.

본인의 목소리로 노래하겠다고 선언했다.

매서운 바람 속에서 춤추는 고결한 영혼.

아리엘 얀스가 연주를 마치자.

숨죽이며 감상하던 전 세계 1억 명의 클래식 음악 팬들이 마침내 탄사를 흘리고 말았다.

이런 감정을 또 느낄 거라고는 생각지 않았다.

슈베르트, 쇼팽, 슈만, 브람스, 드보르자크, 드뷔시, 라흐마니노프 등등 후대 음악가가 모두 각자의 이야기를 훌륭히 펼쳤다.

다시 태어난 나는 그들을 스승으로 여겨 음악을 새로 익혔다.

현대도 마찬가지.

사카모토와 한스 짐, 조니 윌리엄, 대니 엘프만, 제리 골드스미스 등 너무나 멋진 음악가들이 활동하고 있다.

나조차 그들의 음악에서 영감을 얻고 눈물 흘리며 감동했다.

그러나 이 사람은 그들과도 다르다.

'레이라.'

정말 무엇인가 저질러버릴 것만 같은 느낌.

세계와 시간을 넘어서.

언제까지고 기억될 메시지를 남길 것만 같은, 이내 하늘로 솟아오를 것만 같은 사람이다.

오래 전 이러한 기분을 느낀 적 있다.

'아마데.'

오랜 침묵 끝에 자신의 정체성을 찾았던 스물다섯 살의 아마데가 발표했던 〈크레타의 왕 이도메네오〉를 처음 들었을 때가 그러했다.

당시 경직되어 있던 오페라에 활력을 불어넣어, 지금까지 이르게 한 기념비적인 걸작.

나는 여태껏 이러한 왈츠를 들어본 적도, 상상해 본 적도 없었다.

강약약 강약약.

이 단순한 박자로 이렇게나 방대한 이야기를 전개할 수 있다는 점에서, 그것을 오직 단 한 대의 바이올린으로 표현했다는 점에서.

왈츠가 향해야 할 새로운 길을 본 듯하다.

그런 생각을 하고 있을 때.

아르투로 토스카니니가 입을 열었다.

"훌륭하다."

그는 10점을 주고 짧은 감상을 남길 뿐, 그 이상 '아마데우스'를 평하지 않았다.

다음 차례인 마리 얀스는 웃는지 아닌지 알 수 없는 묘한 표정을 지은 채 눈물을 흘릴 뿐이었다.

그 역시 10점을 주었다.

마이크를 잡은 푸르트뱅글러는 턱과 입을 가린 채 레이라를 뚫어지게 관찰했다.

그러다 역시 말을 아끼고 10점을 주었다.

모두 같은 생각일 터.

내 차례가 왔기에 입을 열었다.

"레이라 씨, 앞선 세 분이 왜 말씀을 아끼셨는지 아십니까?"

레이라가 고개를 저었다.

"굳이 말하지 않아도 모든 사람이 알고 있기 때문입니다."

심사위원단도 참가자도 방청객도 시청자도 방금 연주를 들은 사람 모두, 레이라의 '아마데우스'가 얼마나 좋은 곡인지 느낄 터였다.

"소양이 있는 사람이라면 당신이 리듬감을 유지하기 위해 악보를 얼마나 치밀하게 구성했는지 알 수 있을 겁니다. 해체하여 하나하나의 의미를 들여다보고 감탄할 겁니다. 그러나 그것이 중요한 게 아니죠. 우리 모두 당신의 아마데우스에 감동 했습니다."

이 음악이 어떻게 만들어졌고 어떤 의미를 지녔고 어떤 장 치가 어떻게 작용하는지는 그리 중요하지 않다.

"그런 건 배움의 여지가 있을 때 가치가 있는 일이죠. 왈츠 라는 장르의 지평이 확장된 순간이었습니다. 이 순간을 함께 할 수 있어, 음악을 사랑하는 사람으로서 고맙단 말을 전하고 싶습니다."

10점을 부여했다.

모두 나와 같은 생각으로 곡에 대한 분석을 자제하였다.

사카모토와 브루노 발터도 10점을 주면서 한 달간의 긴 경 쟁 끝에 콩쿠르 우승자가 결정되었다.

"흐흐흐하하하."

한편.

거장의 선택을 지켜보고 있던 로버트 패트릭은 터져 나오는 웃음을 어찌할 줄 몰랐다.

니아 발그레이가 58점을 획득하며 지금껏 추켜세웠던 레이 라의 우승이 불분명해진 탓에 긴장하고 있었는데.

그가 심사위원단 전원에게 10점을 받으며 우승을 거머쥐자 통쾌하기 이를 데 없었다.

24세부터 12년간 그의 조수로 일했던 연구원 마손 절머니가 냉큼 아부를 떨었다.

"역시 교수님이십니다. 레이라와 아리엘 얀스를 비교하신 글도 반응이 올라오고 있습니다."

"그래?"

마손 절머니가 태블릿을 로버트 패트릭 앞에 두었다.

클래식 음악 포럼에는 레이라의 '아마데우스'를 접한 감상과 심사평에 대한 경악 그리고 그것을 알아본 로버트 패트릭과 평단에 대한 찬사로 가득 채워지고 있었다.

└와. 한 장르의 지평을 넓혔대.

└배도빈이 저렇게까지 남을 칭찬한 적이 있었나?

└있기야 있지. 가우왕이 세 개의 손을 위한 소나타를 쳤을 때 미친 놈인 줄 알았다며ㅋㅋㅋㅋ

└캬ㅋㅋㅋㅋㅋ 결승 직전에 로버트 패트릭이 쓴 글 올라왔었는데 본 사람 있나?

└뭐라는데?

└레이라의 우승이 확실하다는 내용임. 웃긴 건 비교 대상이 아리엘 얀스ㅋㅋㅋㅋㅋ 활동도 안 하는 사람 오지게 까더라.

ㄴ그럼 결국 차채은이 틀린 거네?

ㄴ박사가 괜히 박사겠냐?

ㄴ근데 로버트 패트릭만 그런 게 아니라 북미랑 유럽 평단은 대부분 레이라 아니면 발그레이가 우승할 거로 예측했음.

ㄴ프란츠 페터는 아직 어리니까 확실히 두 사람으로 좁혀지지.

ㄴ그런데 좀 이상한 게 다들 약속이라도 한 것처럼 비슷한 내용을 올리네.

ㄴ거장의 선택 마지막 날이니까 당연하지. 하나도 안 이상함.

ㄴ해먼 쇼익이랑 로버트 패트릭이 쓴 글 보면, 아리엘 얀스와 같이 실패한 음악가와 레이라를 같이 취급하는 건 평론가로서의 자질을 문제 삼아야 한다고 함. 이거 차채은 저격하는 거 맞지?

ㄴ틀린 말 아닌데 저격은 무슨. 동양인 꼬맹이가 오죽 나댔냐.

ㄴ로스앤젤레스 필하모닉이랑 할아버지 명성으로 잠깐 반짝한 아리엘 따위랑 베토벤 기념 콩쿠르에서 만점 받은 레이라랑 동격이다? 차채은이 선 넘었지.

로버트 패트릭은 흡족하게 웃었다.

비록 몇몇이 의심하고 있었지만 대충 수당을 쥐여준 이들이 여론을 '사실'로 유도하고 있었다.

이대로라면 자신의 명예와 평단의 권위가 드높아질 것은 자명했다.

로버트 패트릭의 입이 찢어질 듯했다.

"무슨 일이든 순리대로 흐르는 것 아니겠나."

"하하하. 그럼요."

마손 절머니가 로버트 패트릭의 말에 웃음을 섞으며 맞장구를 쳤다.

-시상식을 시작하겠습니다.

로버트 패트릭은 TV 화면으로 시선을 옮겼다.

프란츠 페터가 포디움에 오르고, 니아 발그레이가 준우승자 자격으로 트로피를 전달받았다.

-다음은 영광의 우승자! 레이라 씨입니다!

사회자 우진의 말과 함께 환호성이 쏟아졌다.

새로운 스타의 탄생에 방청객은 박수와 환호를 멈출 줄 몰랐다.

우진은 그들을 가까스로 진정시키고 나서야 인터뷰를 할 수 있었다.

-레이라 씨, 정말 많은 분께서 레이라 씨의 정체를 궁금해하십니다. 베토벤 기념 콩쿠르에서 우승한 지금, 가면을 벗어주실 의향이 있으십니까?

마손 절머니가 그 광경을 흐뭇하게 지켜보던 로버트 패트릭에게 물었다.

"실명으로 활동할 수밖에 없지 않겠습니까?"

"그렇지. 메이저에서 활동하면 아무리 숨기려 해도 결국 밝혀질 테니. 차라리 이번 기회에 가면을 벗는 게 더 그럴듯한 그림이지."

"역시 교수님의 혜안은 탁월하십니다."

로버트 패트릭은 되지도 않는 말로 비위를 맞추려는 연구원을 하찮게 보며 입을 열었다.

"뭐, 어차피 앞으로 자주 볼 사이가 될 거야. 배도빈의 라이벌로 순식간에 스타로 만들어줬으니 고마워서라도 찾아올 테지."

"교수님만이 하실 수 있는 일이니까요."

"아무렴. 재능 있는 음악가는 주목받아야지. 음악계의 정당함을 위해 내 지금까지 힘써오지 않았나. 레이라도 내 도움을 받을 자격이 있지."

"하하하하! 레이라가 감사해하겠습니다."

로버트 패트릭은 물 흐르듯 흘러가는 이 상황이 무척 만족스러웠다.

도중에 버러지 같은 벌레가 끼어들긴 했어도 크게 문제되진 않았다.

브루노 발터, 사카모토 료이치, 빌헬름 푸르트벵글러, 마리 얀스, 아르투로 토스카니니, 배도빈까지.

음악계에서 절대적인 이들의 말을 믿고 조금씩 바꾸었을 뿐이었다.

누가 우승할지 끝까지 고민되었지만 이미 수천 명의 참가자 중 단 두 사람으로 좁혀진 상태.

우승자를 점지하는 것은 너무나 손쉬운 일이었다.

레이라의 진가를 알아본 척하며, 그리하여 얻은 신뢰로 벌레들의 울음소리를 왜곡시키고 짓누르는 일이.

로버트 패트릭에게는 너무나 즐겁고 보람찼다.

다시 한번 음악계의 질서를 지켰다는 생각에 로버트 패트릭은 의자에 등을 파묻었고.

레이라가 가면을 벗길 기다렸다.

그리고 이내.

여유롭던 그의 얼굴에 금이 가버렸다.

"레이라 씨, 정말 많은 분께서 레이라 씨의 정체를 궁금해하십니다. 베토벤 기념 콩쿠르에서 우승한 지금, 가면을 벗어주실 의향이 있으십니까?"

사회자 우진의 요청에 아리엘 얀스가 고개를 끄덕였다.

웅성이는 방청석과 요동치는 채팅창이 지난 한 달간 레이라에 대한 궁금증이 얼마나 고조되었는지 알려주고 있었다.

아리엘이 가면에 손을 댔고.

회장은 쥐죽은 듯이 고요해졌다.

'누구냐.'

모든 음악가가 난데없이 나타난 천재 작곡가에게 주목했다.

찰스 브라움과 가우왕.

마리 얀스, 사카모토 료이치를 제외한 세 명의 거장.

그리고 '레이라'에게서 '아마데'의 느낌을 받은 배도빈까지 눈 한 번 깜빡이지 않고 상황을 지켜보았다.

그리고 이내.

아리엘 얀스가 가면을 벗었다.

어깨에 닿는 황금 머리카락이 땀으로 빛났고 이마에서 코로 떨어지는 선은 우아하기 이를 데 없었다.

머리를 털고 감았던 눈을 뜨니.

깊게 박힌 보석 같은 벽안이 드러났다.

"꺄아아악!"

"마, 말도 안 돼."

"너, 너무나 놀라운 일이 벌어졌습니다! 예상했던 사람이 있었을까요! 레, 레이라 씨가! 레이라 씨가 전 로스앤젤레스 필하모닉의 전 감독 아리엘 얀스였습니다!"

그 광경을 지켜보고 있던 모든 이가 경악하고 말았다.

베토벤 기념 콩쿠르를 통해 현재 가장 주목받는 음악가 레이라.

그가 올 한 해 최악의 평을 받았던 아리엘 얀스가 동일 인물이었다는 사실에 기함하지 않을 수 없었다.

└헐 ㅁㅊ

└◖◻◗┐

└소오름.

└지금 전 세계에서 가장 많이 욕먹는 인간이 레이라였다고? 거장의 선택에서 만점 받아 우승한 사람이?

└ㅁㅊ 나 닭살 돋았음.

└아니 뭐야;;

└다들 아리엘 아니라며! 맞잖아!

└그럴 수밖에 없는 게 두 사람 곡이 너무 달랐음. 오죽하면 심사위원들도 아니라고 했겠냐.

└키 크고 금발이고 음악 잘하면 죄다 아리엘 얀스냐?

└아니, 나 솔직히 아리엘 얀스라서 놀란 게 아니라 얼굴 보고 놀랐다. 아니, 얼굴에다 조각하세요?

전 세계가 경악한 나머지 채팅이 읽을 수도 없을 정도로 빠르게 오가는 중에, 놀라기는 음악가들도 마찬가지였다.

'정말이었어?'

배도빈은 눈을 의심했다.

작곡가로서의 기술은 분명 동등한 수준이라 할 수 있었으나, 곡을 대하는 태도가 너무나 달랐다.

훌륭했으나 오만하기 짝이 없던 아리엘 얀스가 이렇게나 진솔한 곡을 쓸 수 있을 거라고는 생각할 수 없었다.

성역을 수호하듯.

자신 외에 어떠한 것도 용납하지 않았던 아리엘이 자신의 이야기를 바탕으로 청중의 공감을 얻었다는 것을 믿을 수 없었다.

'반년 만에 이렇게 변할 수 있다고? 고작 반년 만에?'

배도빈이 고개를 돌렸다.

마리 얀스는 심사를 할 때와 같은 표정을 짓고 있었다.

'……알고 있었나.'

그러나 빌헬름 푸르트벵글러와 가우왕, 찰스 브라움을 비롯해 모든 음악가가 믿지 않았다.

레이라가 아리엘 얀스가 아니냐는 말이 몇 번 언급되긴 했어도 두 음악가가 지향하는 바가 너무나 달랐던 탓에 음악을 잘 아는 사람일수록 그러한 말을 믿지 않았다.

그때 배도빈의 눈에 흐뭇하게 웃고 있는 사카모토가 들어왔다.

크게 놀란 다른 사람들과는 명확히 다른 반응이었다.

배도빈은 그가 바로 몇 시간 전만 해도 레이라가 누군지 모르겠다고 말했던 걸 기억하고 있었다.

'뭐지?'

의문이 차오르는 상황에서 합리적인 추측은 사카모토가 모른 척한 것뿐이었다.

사카모토가 배도빈의 시선을 느껴 고개를 돌렸고 멋쩍은 듯 너털웃음을 지었다.

'역시.'

20년 가까이 함께했던 사카모토 료이치가 자신에게도 숨겼다는 데 단단히 화가 나기도 했지만 그가 왜 그래야만 했는지 어느 정도 이해할 수 있었다.

'용케도 숨겼어.'

가장 어려운 일은 자신을 바꾼 일일 터.

음악만으로 그의 정체를 간파하기란 불가능할 정도로 크게 변화하였다.

'그것도 아닌가.'

배도빈은 차채은이 며칠 전 게시한 칼럼을 떠올렸다.

아주 사소한 공통점을 발견해 닮았다는 내용이 적혀 있었다.

'채은이는 가능하다고 생각했겠지.'

사람은 쉽게 변하지 않는다.

어떠한 계기로 바뀔 수도 있지만 한 분야에 깊이 파고들수록 어려운 일이었다.

평생을 걸어 온 길을 되돌아, 다시 시작하는 것이 얼마나 힘든 일인지 알기 때문이고 그렇기 때문에 사고가 좁혀지기 마련.

그러나 세상을 아직 접하지 못한 어린 칼럼니스트는 그러한 편견 없이 순수한 눈으로 상황만을 놓고 판단했다.

배도빈은 타마키 히로시와 아리엘 얀스를 떠올리며 진정 사람이 변할 수 있다는 것을 느꼈다.

"긴 여행이었습니다."

아리엘 얀스의 목소리가 나지막이 울렸다.

다소 잠긴 목소리였으나 그의 목소리는 TV, 스마트폰, 컴퓨터 등을 통해 전 세계에 분명히 울려 퍼졌다.

"아시다시피 전 가장 소중한 이들에게서 멀어져야 했습니다. 너무나 분해서 그날 이후로 단 한시도 펜을 놓지 않았습니다. 지금도 저를 믿고 기다려주는 이들에게 돌아가고자. 당당하고자 오늘만을 기다렸습니다."

로버트 패트릭과 평단이 노력해 준 덕에 아리엘 얀스와 로스앤젤레스 필하모닉의 결별 사실을 모르는 이는 없었다.

그렇기에 자신의 이야기를 담담하게 전하는 아리엘에게 더욱 공감할 수 있었다.

"쉽지 않았습니다. 다른 이름으로 몇 곡을 더 발표했지만 지금 이 자리에 그것을 기억하시는 분은 없으실 거라 생각합니다."

아리엘 얀스가 또 다른 이름으로 곡을 발표했다는 사실에 모든 이가 또다시 놀랐다.

"음악계는 제 생각보다 더욱 가혹했습니다. 그간 조부님과

토마스 필스 경 그리고 로스앤젤레스 필하모닉 덕분에 너무나 편하게 활동해 왔음을 깨달았습니다."

아리엘이 배도빈을 바라보았다.

카메라 감독은 서둘러 두 사람을 번갈아 잡았다.

잔뜩 인상을 쓰고 있는 배도빈의 모습이 비치자 시청자들은 그의 솔직한 반응에 공감하며 웃었다.

"그런 점에서 이 콩쿠르는 제게 마지막 기회였습니다. 주최자 배도빈 씨에게 진심으로 감사합니다."

아리엘 얀스의 옆에 서 있던 프란츠 페터가 눈물을 흘리며 손뼉을 치기 시작했다.

인상을 쓰고 있던 배도빈도 함께했고 이내 세트장은 아리엘 얀스를 위한 박수와 환호성으로 가득 찼다.

아리엘이 고개를 깊이 숙이고 마이크를 다시 잡았다.

"이러할 때도 저를 지지해 주었던 팬 여러분. 그리고 로스앤젤레스 필하모닉 단원들께 이 자리의 영광을 돌리고 싶습니다."

다시 한번 박수가 이어졌다.

"그리고."

잦아든 박수 소리 뒤로 아리엘 얀스가 숨을 크게 들이마시고 뱉은 뒤 입을 열었다.

"모든 언론이 부패하고 저열하다고 생각했던 제게 희망을 남겨 주신 대한민국의 칼럼니스트께 감사드립니다. 당신만이."

아리엘 얀스는 잠시 감정에 북받친 듯 말을 삼켰다.

그러나 이내 감사한 마음을 담아 자신을 알아봐 주었던 유일한 칼럼니스트에게 인사했다.

"당신만이 음악만으로 저를 알아봐 주셨습니다. 감사합니다."

아리엘이 마이크를 내리기도 전에.

"아리엘! 아리엘!"

"아리엘! 아리엘!"

방청객들은 벼랑 끝에서 기어오른 음악가를 위해 세트장이 떠나갈 것처럼 환호했다.

to be continued